Pluma de Ángel

Postapocalípticos, Volume 1

Robert S. McGraw

Published by Wilmer Antonio Velásquez Peraza, 2022.

This is a work of fiction. Similarities to real people, places, or events are entirely coincidental.

PLUMA DE ÁNGEL

First edition. September 12, 2022.

Copyright © 2022 Robert S. McGraw.

ISBN: 979-8215477243

Written by Robert S. McGraw.

Pluma de Ángel

Pluma de Ángel
Contexto de la historia:

Llevaban siglos viendo cómo los seres humanos sufrían las calamidades de las enfermedades, la destrucción y la muerte; pero siempre existían millones de personas que llevaban una buena vida y eran la esperanza de que algún día los mismos humanos, sin la ayuda divina directa, pudieran encontrar el rumbo hacia la prosperidad y larga vida que el creador, en su magnífica sabiduría, había destinado para ellos, un destino que, por desgracia, escribieron casi desde el principio, al ignorar el consejo del Padre y hacerle caso al desertor de los cielos.

El Señor Oscuro, otrora uno de los ángeles más hermosos y amado por Dios, sintió envidia de esos débiles y fugases seres que vivían cada día disfrutando como si fuese el último. Desde su perspectiva, Dios se había equivocado al crearlos y otorgarles el rango de inferiores. Realmente creía que los inferiores eran ellos, los ángeles, porque después de ser creados y ayudar en la confección del universo, especialmente la tierra y todo lo que había en ella, solo sirvieron para vagar en el vacío y frío universo y para pasar siglos filosofando sobre la creación y la vida espiritual. Eso hubiese bastado, pero su padre, en su "sabiduría perfecta", se le ocurrió inventar a las personas, esos débiles y frágiles seres de quienes se enamoró perdidamente, hasta llegar a llamarlos "su mejor creación". Designó ejércitos de ángeles solo para que los cuidaran y pudiesen vivir y prosperar en un mundo lleno de vida por doquier, de color, de sabores, de olores y, sobre todo, de algo que ellos no podían tener ni yendo de visita a la tierra, el amor transformado en sexo.

El plan inicial era que se reprodujeran y llenaran esa magnífica casa puesta a su disposición, pero comenzaron a disfrutarlo como ninguna otra cosa; era casi una enfermedad. Lo hacían día y noche, entre gritos y lágrimas de placer y él, junto a muchos de sus hermanos, observaron con curiosidad el éxtasis que provocaba en los humanos este acto destinado solo a reproducirse, como pasaba en el resto de los animales.

Él sabía, después de un tiempo, que no era el único ser celestial que deseaba probar "eso" que tanto disfrutaban en la tierra, pero también sabía que nadie de los que pensaban igual tendría el coraje de desobedecer al Padre, pues solo se permitía velar por el bien de los humanos y ayudarlos desde la dimensión espiritual. Por la diferencia de naturalezas, el más mínimo roce entre un ser espiritual y uno terrenal significaría la muerte inmediata de la persona. Evidentemente, él no poseía esa energía ilimitada que tenía su padre y la cual usó para materializar millones de estrellas y planetas en un segundo y el resto del universo, más se sabía poseedor de suficiente energía como para materializar una persona infinitamente, así que pensó en un plan y lo llevó a cabo. Resultó ser bastante fácil y el resto de ángeles vieron con sorpresa lo sencillo que era convertirse en uno de esos seres "inferiores". A pesar de desearlo, nadie más se atrevió hacerlo y observaron con curiosidad y ansias lo que se vendría a continuación.

El ángel rebelde sabía que no podía enfrentarse a su padre de frente y mucho menos convencer a otros sin un argumento de fuerza. Era imposible socavar la autoridad de Dios rompiendo unas estrictas órdenes, que, por derecho, tenía la potestad de exigir. Tendría que atacar al eslabón más débil y ponerlo como punta de lanza y encontró en el libre albedrío la brecha perfecta.

Hasta ese momento, los pocos humanos que habitaban el mundo disfrutaban de todos los placeres puestos a su disposición sin límites morales, pues Dios quiso que fuese así para que no sufrieran de tribulación a causa de miedos, celos, envidias y todas las demás cosas que minarían un alma no tan pura como las espirituales. La materia era perfecta igual que la energía, porque procedía de ella, pero la conciencia era muy peligrosa para seres que no tenían la presencia pura de Dios manifestada mediante el espíritu santo en su corazón. Sus almas, sus esencias, eran el reflejo de la energía con la que estaban hechos sus cuerpos, pero era tan débil comparada con las de un ser celestial, que era imposible que asimilaran en esa limitada cantidad de materia, el espíritu necesario para enfrentar decisiones sobre el bien y el mal y al mismo tiempo salir ilesos. Por lo tanto, Dios decidió que permanecieran inocentes y alejados del conocimiento que les permitiera discernir entre lo correcto y lo incorrecto. Eran seres felices y relajados que compartían todo con absoluto desinterés, pero estaba el tema del libre albedrío o la capacidad que debe tener todo ser inteligente de decidir qué era lo mejor y lo peor para ellos; sin esa opción, solo serían lindos títeres paseando libremente por la tierra. No se podía crear algo a la imagen y semejanza sin esa parte esencial, así que Dios les prohibió a los humanos comerse el fruto de un árbol, un árbol cualquiera que simbolizó "la opción" que les faltaba.

El ángel regresó a los cielos y se presentó frente a Dios y como era de esperarse, asistieron la totalidad de seres celestiales a la reunión. Ante todos, comenzó a explicar su comportamiento, esgrimiendo la idea de que se había materializado, y dicho sea de paso, no violaba ninguna ley divina, porque creyó encontrar un error en la creación de los seres humanos. Al ser inquirido por El Padre, respondió que una creación a su imagen y semejanza no estaría completa sin el conocimiento de lo bueno y lo malo.

"Ellos tienen la opción de comer del árbol", le respondió Dios, a lo que el hijo replicó que se les había prohibido hacerlo, y sin ese conocimiento, nunca desobedecerían una orden, por lo que era una especie "de trampa" y que se les debería dar la oportunidad de hacer lo correcto, no por agradecimiento a la buena y eterna vida que se les daba, sino por el amor que le tenían al creador de su mundo.

Dios enseguida confirmó sus sospechas, pero no tenía un argumento de peso para confrontar a su habilísimo hijo, así que no tuvo más remedio que formular una pregunta abierta cuya respuesta ya conocía:

"¿Quién está dispuesto a comunicarle a los humanos que pueden comer del árbol?"

Todos los angélicos ojos se dirigieron al ser parado frente a Dios, quien se ofreció, como se esperaba, a realizar semejante cometido. Pero Dios sabía en qué terminaría todo el asunto si no encontraba una solución al problema, pues estaba consciente de que a su otrora adorado hijo se le había oscurecido el corazón y que terminaría siendo adicto al poder que tendría sobre los humanos, pues pensaba que podían servir no solo de trabajo, sino que serían una buena y gratificante diversión. Puso en duda la lealtad de los hombres ante Dios, alegando que solo permanecían fieles porque se aprovechaban de su bondad y éste, en respuesta, le permitió tentarlos, pero por ser el creador, también tenía derecho a condicionar el pacto:

Cuando hasta el último de los humanos vivos en un determinado momento del tiempo hubiese oído hablar de Dios y de la fe, se pasaría a contar los que permanecían fieles a Él. Si se encontraba, aunque fuese uno, entonces tendría el derecho legítimo de atacar con todas sus fuerzas a quienes lo enfrenten, lo que resultaría en la aniquilación sin ninguna duda de su rebelde hijo y de quienes le sigan.

El ángel, quien poco a poco se ganó varios nombres entre los seguidores del Todo Poderoso, siendo Satán el más común, bajó nuevamente a la tierra y logró que los padres originales de la raza humana comieran del árbol y así desobedecieron por primera vez a Dios, comenzando un camino largo donde tendrían que cuidar de ellos mismos.

Atraídos astutamente, muchos otros ángeles siguieron al rebelde y disfrutaron junto a las personas del desafuero, el libertinaje y los vicios, hasta que sus cuerpos físicos fueron barridos por el diluvio y tuvieron que regresar a los cielos, donde les esperaba el ostracismo y la hostilidad de sus hermanos. Dios pensó que sus extraviados hijos podían cambiar, pero ni ellos ni su líder lo hicieron. Ya el pecado estaba demasiado enraizado en sus corazones y en lugar de arrepentirse, trataron por todos los medios de convencer a otros a seguirles e incluso lograron que muchos lo hicieran, dejándose llevar por las historias de placer sin fin que vivieron en la tierra y que exageraban para lograr adeptos.

Como gozaban del libre albedrío, igual que los humanos, siguieron torciendo el curso natural de las cosas y metiéndose cada vez más en los asuntos terrenales. En una jugada maestra que sorprendió incluso a Satán. El hijo primogénito de Dios, el único a quien amaba más que a nadie, se ofreció a ir a la tierra como un humano más, sin poderes ni fuerza angelical, para demostrar a los seres celestiales y a los hombres, que todavía había esperanza y para entablar con ellos, un nuevo pacto más abarcador que pudiese unir a toda la raza humana bajo una misma fe. No violaba nada del parto, así que nadie puso objeción. Parecía una decisión desesperada y hasta el enemigo se burló al principio, pero tuvo un efecto increíble, tanto abajo como arriba. El hombre cuyo nombre fue Jesús, vino a ser la contrapartida del Diablo y con su ejemplo de fe perfecta, vino a colocar en un mundo que ya caía en la decadencia absoluta, el equilibrio que alargó la lucha entre su padre y El Opositor. Fue tan perfecto su andar sobre la tierra, que su cuerpo humano puro y libre de pecado, le permitió asimilar tanto espíritu santo que llegó a realizar milagros que estaban fuera del alcance de Satán y sus Demonios.

En pocos años, la creencia en Dios se extendió con fuerza como nunca antes y la semilla plantada por su hijo leal germinó por doquier. Fue perseguido despiadadamente por hordas de demonios (que fue el nombre usado para referirse a quienes siguieron a Satán), tentado, difamado, golpeado y hasta asesinado, pero su huella fue tan profunda que luego de su retorno a los cielos, el amor de los humanos solo aumentó, como aumentó su prestigio entre sus hermanos celestiales, quienes contaron con un líder tan carismático que los representara en sus choques contra El Malvado.

Por desgracia en la tierra, la mala influencia y la propia estupidez humana, tergiversó tanto su mensaje que se creó una gran división dentro de la fe hacia el creador y, aunque en esencia era la misma creencia, el veneno hizo lo suyo y la mayoría se enfrentaron entre sí, organizados en varias religiones derivadas de la original.

Al mismo tiempo, la situación se hizo intolerable entre y los ángeles y los fieles, que todavía eran mayoría y comandados por Gabriel, quien fue Jesús en la tierra, arrojaron a los opositores de los cielos al no poder eliminarlos por el pacto, pues como todos sabían, era imposible que El Padre lo permitiera rompiendo un acuerdo previo, comenzando así la gran tribulación para la humanidad, en el año humano de mil novecientos catorce. Ya no podrían ir libremente de la tierra al cielo y viceversa, como habían hecho hasta entonces, corrompiendo la pureza de los fieles, por lo que toda su maldad se volcó en los humanos.

La primera de las consecuencias fue el comienzo de una gran guerra. Años después sobrevino una más grande y letal, conocida como la segunda guerra mundial. La humanidad pareció aprender de esa terrible tragedia y prosperó más que nunca, hasta que llegó la peor que se experimentó nunca. Una guerra que conmovió hasta a los seres divinos que habitaban en las alturas; nunca se vio tanta sangre inocente ser barrida de la faz de la tierra. Se usaron armas prohibidas hasta ese momento, armas que dejaron inservibles grandes extensiones de tierra. Fue tanta la violencia, tanta la podredumbre de alma mostrada, que Dios pareció quedar contrariado consigo mismo por haber creado algo tan bello y tan estúpido y le dio la espalda a la humanidad, mejor dicho, a lo que quedó de ella.

Entre los millares de ángeles se extendió el rumor de que aparentemente el rebelde de Satanás por fin había triunfado, al demostrar que los humanos solo eran fieles porque obtenían el favor de su creador y se temía por el final de esas preciosas criaturas, cuyo cuidado había sido encomendado a ellos y a las cuales les tomaron mucho cariño. Las personas perdían la fe y cada día crecían entre los sobrevivientes otros que dejaban de creer. En los enclaves que quedaron todavía permanecían fervientes creyentes que disminuían alarmantemente, amenazando con que desapareciera la fe para siempre del corazón de las personas. Si eso llegara a suceder, entonces El Diablo habría dado el último golpe y Dios quedaría en ridículo. Eso sería catastrófico en el reino celestial y lo más probable era que casi todos bajaran a la tierra, siguiendo en masa al desertor. Era cierto que Dios podía acabar con su enemigo casi sin esfuerzo, pero eso solo traería más dudas sobre su sabiduría en el resto de ángeles, convirtiéndolo en un simple dictador y no en el padre amoroso y sabio que era. De seguro quedaría solo en los cielos.

Con la aniquilación casi completa de la humanidad, el número de personas que no habían escuchado de un Dios omnipresente se redujo muchísimo y, por tanto, las posibilidades también. Muchos ángeles llegaron a la conclusión de que, si apuraban el proceso de diseminación de la palabra, el momento del juicio llegaría antes que todos dejaran de creer y la tierra se salvaría, pero veía en la apatía de su padre un peligro para ese plan y temían que no quedase un humano con fe.

El momento del juicio Final

Algunos pensaban incluso, que Dios había dado por perdida La tierra y que crearía, si le quedaban ganas, otra humanidad en cualquiera de los bellos planetas que pululaban en el universo, para continuar con la idea de crear seres que viviesen felices y en armonía. Otros creían que se daba por vencido y se encargaría en adelante solo de asuntos celestiales, dejándolos a su suerte bajo el dominio del Ángel Rebelde. También ganaba popularidad entre las miríadas de seres celestiales, la idea de que podrían ir a la guerra contra Satanás y liberar a los humanos de su flagelo, mostrándoles nuevamente el camino correcto y salvador de la fe, como les había prometido en el libro que hizo escribir para tal efecto, aunque tenían la amarga experiencia del pasado, cuando los ayudaban continuamente y los olvidaban en pocos días, volviendo a realizar lo incorrecto.

Las personas resultaron ser olvidadizas, mal agradecidas y muy dadas a los malos hábitos. La corrupción, la lujuria y el resto de placeres mundanos eran demasiado atrayentes para no ir en masa detrás de ellos. Si ángeles puros y poderosos cambiaron su celestial posición para compartir una vida casi humana en la tierra con seres tan imperfectos, entonces qué podría esperarse de las personas. No obstante, las almas puras de los ángeles no podían dejar de preocuparse. Llevaban muchos siglos velando por ellos y luchando contra los pecados de Satanás, para permanecer indiferentes ante la tragedia que ahora enfrentaban. Las opiniones estaban divididas y El Creador no dejaba ver nada de sus planes. Tanto le había herido la actitud absurda e irresponsable de sus hijos terrestres, que parecía haber admitido su equivocación al crearlos y así los condenaba a ser dominados por la oscuridad. Dejó de mandar mensajeros a la tierra y de trazar planes para el futuro. Ya no se le veía hablar animadamente de sus hijos y de las maravillas que hacían o de su inteligencia para crear cosas que hasta a él asombraban. Solía decir que eran tan especiales que en cualquier momento iban a idear la forma de poder verlo y comunicarse directamente, como hacían entre ellos; solo era cuestión de tiempo para que le descubrieran.

Ante tanta apatía, surgió la idea entre los jóvenes de ayudar a fomentar la fe en los humanos por su cuenta y sin tener un plan claro de cómo hacerlo se presentaron ante Dios, quien como era de esperarse, expresó su opinión y les pidió que tuviesen confianza en él. Desertaron del empeño en masa y solo quedaron unos pocos sin convencerse del discurso. Entonces acordaron hacer algo inconcebible para la gran mayoría, rebelarse en contra de las decisiones de su padre.

La diferencia estaba en que la nueva rebelión no era para hacer el mal, sino todo lo contrario. No resistieron la tentación de ayudar a restablecer la verdadera fe, porque al ritmo que iban no les quedaba mucho tiempo sin ser dominados por completo por los demonios, quienes veían en la displicencia de Dios una debilidad, y ante la posibilidad de ganar la batalla y permanecer para siempre en la tierra, arremetían con más fuerza contra las pobres almas indefensas y desesperadas que buscaban una respuesta del cielo sin encontrarla o simplemente se dejaban llevar por el mal.

Era inconcebible para ellos una humanidad sin fe. Cada alma que se perdía se lloraba en los cielos y los cánticos de alabanza de miles de ángeles se escuchaban cada vez menos. Sabían que Dios tenía el poder de exterminar a los demonios y resucitar a todas las personas en el momento que él decidiera, para darles así una segunda oportunidad, pero si no llevaba su promesa hasta el final y no demostraba a todos que los hombres podían serle fiel sin importar cuán tentados fueran por el Diablo, sería puesta en duda su sabiduría y su amor; después de todo, un Dios de amor no podía actuar como un dictador asesino. La fuerza no vale de nada si el amor no es superior a ella. La humanidad tenía que ser probada hasta las últimas consecuencias y demostrar por ella misma que eran dignos de su hechura, a imagen y semejanza de los seres celestiales.

Los jóvenes se reunieron y determinaron los lugares a donde se debían dirigir para hacer mejor el trabajo. Eran apenas mil, pero dada la vasta destrucción que asolaba a la tierra, no quedaban muchos lugares con una cantidad de personas significativa. Acordaron dividirse en grupos de cinco y comenzar la obra. Sabían que Padre conocía de sus planes, pero también sabían que no interferiría en lo absoluto; el libre albedrío les permitía tomar decisiones propias, aunque luego tendrían que atenerse a las consecuencias de sus actos. Nuevamente, las miradas de todos los ángeles se dirigieron hacia la tierra; unos admirados, otros espantados y los más, curiosos de saber cómo continuaría la historia, atentos a lo que haría Satanás para que esos jóvenes no interfirieran en sus planes. La mayoría predecía un desastre, sobre todo para aquellos que se dirigían a las inmediaciones de lo que fuera la gran ciudad de Los Ángeles, pues muy cerca de aquella zona, el mismísimo Opositor había decidido residir por la importancia y crecimiento de la nueva ciudad, que resurgía de las ruinas, más caótica y desalmada que la anterior, pero despuntando como la mejor para engendrar el nacimiento de la nueva civilización.

El encuentro.

Para quien nunca había visto un ángel, la figura de los cinco jóvenes avanzando por el descampado próximo al refugio Corpus Cristi le hubiese parecido una escena común y corriente. Quizás podrían pensar que eran un poco raros con su andar liviano y posturas erguidas, sus miradas claras y la piel tan blanca y limpia que parecía brillar bajo sus túnicas casi transparentes; pero a Nicolás Reed, la mayor autoridad en el campo de refugiados, le bastó solo una ojeada para percibir que sus oraciones habían sido escuchadas. Muchos años antes, cuando todavía era joven y la humanidad no tenía ni idea de lo le iba a suceder, él se encontró frente a frente con uno de esos seres, lo que le costó que le tildaran y trataran como un loco.

Tanto fue la burla que por poco le convencen de que había sido solo un producto de su imaginación y de las drogas que le llevaron al mismo borde de la muerte, pero por suerte le dio más crédito a su corazón que a las críticas y cambió por completo de vida, dedicándose en cuerpo y alma a hacer el bien a cuanta persona se le cruzara en el camino. Así, cuando la gran tribulación comenzó, encontró el campo perfecto para ejercer su fe y su cometido, seguro de que sus plegarias serían oídas algún día.

El corazón le palpitó mucho más fuerte que cuando dio su primer beso hacía sesenta años; tanto, que tuvo que tomarse el pecho con una mano por el dolor que le causó.

Llegaron ante él tres muchachas y dos varones, todos bellos y frescos, sonrieron al saberse reconocidos por el anciano y sus ojos brillaron como estrellas.

—Venimos a ayudar —dijo Reilar, uno de los jóvenes que parecía ser el mayor de todos.

—¡Sí, lo sé...! Pasen por aquí... deben de estar muy cansados por el viaje —consiguió decir el anciano en medio de su emoción.

Los guió por entre una infinidad de tiendas de campaña, sucias y rotas la mayoría, que dejaban escapar voces, llantos, quejas y de vez en cuando la risa de algún niño jugando. Llegaron a la carpa ubicada en el centro que servía de morada y de oficina al señor Reed, pero que estaba tan sucia y raída como el resto. El campamento era un antiguo estadio de beisbol y las carpas se agrupaban sobre la seca tierra, en donde antaño estaba el verde césped. Las instalaciones que aún se sostenían corrían peligro de derrumbe, por lo que permanecían vacías. No obstante, las paredes exteriores se conservaban casi intactas estructuralmente, siendo un refugio perfecto ante las inclemencias del tiempo y de los bandidos, pues todas las entradas habían sido tapiadas con escombros dejando solo una para el trasiego de las personas.

—Tomen asiento, por favor —les dijo a los chicos, mientras trataba nerviosamente de arreglar un poco el desorden que reinaba en el interior.

Dos mujeres que atendían una gran olla en el mismo centro de la carpa quedaron quietas al ver la excitación del anciano, que no sabía qué hacer para poner cómodos a los invitados. Él se percató de ello y se fue donde estaban restregándose las manos, signo en Nicolás de una gran ansiedad.

—Por favor, atiendan a los invitados como si fuesen sus hijos, son muy importantes para todos nosotros. Preparen agua caliente para que se laven y la mejor comida que tengamos, ¿de acuerdo?

Las mujeres, aún más sorprendidas, asintieron con los ojos desorbitados por la inusual petición del viejo, pues nunca se había tomado tantas molestias por personas bien alimentadas y de aspecto tan sano como los recién llegados. No obstante, enseguida se pusieron a sus órdenes sin hacer ni una pregunta. El anciano se sentó frente a los chicos y con una sonrisa enorme en su rostro comenzó una conversación.

—Dentro de poco les servirán comida caliente, no es muy buena, pero es lo mejor que podemos hacer. También pueden descansar después de tomar un baño, ya le calientan el agua. Pero... díganme, ¿a qué debemos el honor de la visita?

—No se preocupe por el alimento, podemos estar muchos días sin comer. Venimos a ayudarle con lo que está haciendo aquí. Su trabajo ha llamado nuestra atención y creemos que, si partimos desde un lugar así, podemos esparcir la esperanza a la mayoría de las personas —respondió Valiera, la más joven de los cinco.

— ¡Hijos míos! Agradezcan al Padre en mi nombre y en el de toda la humanidad; aunque yo no pueda verlo por mi edad, veo cumplidas mis oraciones al tenerlos aquí.

—Esperamos que pueda verlo por usted mismo —interfirió Reilar—. También hemos pensado en eso. Le traemos un regalo pensando en que hay humanos como usted que merecen vivir un poco más y, además, su experiencia nos servirá de ayuda en nuestra misión, pues usted tiene muy buena reputación, incluso entre los bandidos.

— ¿De... de qué se trata? —consiguió decir el anciano nerviosamente.

—Tenemos que estar completamente solos, si alguien se entera, nuestra identidad quedará al descubierto.

—Entiendo, entiendo... Entonces vamos a mi cuarto, hay bastante privacidad allí.

Se levantaron todos, pero en ese momento hizo entrada Robert Des, a quien llamaban "RD", la mano derecha de Nicolás en el campamento. Era un hombre sobre los treinta, de pelo negro tupido y bastante fuerte comparado con la mayoría, que sufrían desnutrición. La barba ocultaba sus facciones, pero dejaba ver unos ojos pequeños y una nariz aguileña debajo de dos cejas pobladas y casi juntas. Los jóvenes miraron al viejo en busca de algún comentario.

—Él es RD, mi hombre de confianza, pueden hablar en su presencia sin ningún problema, no tengo secretos con él.

—Aun así, no podemos permitir que nadie lo sepa. Por favor, preferimos que sea de ese modo.

Los ángeles son de naturaleza noble, pero carecen de ese tacto sutil al tratar con los humanos si no tienen experiencia en hacerlo. Acostumbrados a decir lo que pensaban sin pizca de hipocresía o maldad, hablaban sin pensar en la interpretación que las personas pudiesen darle a su comportamiento.

Solo Reilar y Nicolás entraron en la carpa personal del anciano, situada dentro de la que ya estaban. Cuando estuvieron solos, el joven metió la mano entre sus ropas y sacó una pluma blanca y reluciente y se la extendió al anciano.

— ¡Qué belleza! —dijo Nicolás abriendo los ojos desmesuradamente—. ¿Es lo que estoy pensando? ¿Es... una pluma de ángel?

—Así es y también un regalo nuestro para usted; para que pueda seguir haciendo lo que hace con más fuerzas y energías.

—Bueno, la verdad es que estoy emocionado, pero me siento muy enfermo, no sé cómo una pluma podría cambiar eso...

—Solo tómela y encájela en cualquier parte de su cuerpo —le interrumpió el joven ángel—. Tenga fe.

—Tengo fe.

El anciano sostuvo con fuerza la pluma y se la clavó directamente en el pecho. En seguida su cuerpo sufrió una convulsión y cayó al suelo. Allí tembló por unos segundos y comenzó, estando inconsciente, una transformación física instantánea. Su piel arrugada como un pergamino antiguo, perdió la mitad de sus pliegues y se tornó rosada, se rellenó la masa muscular que en los últimos treinta años había perdido y su cuerpo, antes curvado por el peso del tiempo, se enderezó. Al cabo de unos minutos se despertó desorientado, pero enseguida recordó lo sucedido antes de perder la conciencia. Se incorporó sin apoyarse en nada y observó sorprendido sus manos y brazos. Miró al joven, estupefacto de la sorpresa, y se abalanzó hacia el único mueble que tenía en su tienda aparte de la cama. Buscó entre los objetos desordenados de una gaveta y sacó un pequeño espejo. Sin salir de la sorpresa miró su reflejo detenidamente, pasándose la punta de los dedos por la piel estirada y viéndose los ojos ya sin el velo blanco de las emergentes cataratas que le aquejaban. Con la boca abierta se lanzó a los pies del joven.

— ¡Gracias! ¡Gracias! ¡Mil veces gracias! Alcanzó a decir entre las lágrimas de sus ojos, ahora rejuvenecidos.

El joven le tomó por los hombros y lo levantó hasta que sus rostros estuvieron a la misma altura.

—Ahora escuche bien. Tiene que cubrir todo el tiempo su rostro. Nadie puede ser testigo de su transformación o correremos peligro. El efecto de la pluma sobre la vejez durará cosa de seis meses; luego le proporcionaremos otra para que pueda hacer su trabajo a plenitud.

— ¡Gracias! ¡Muchas gracias!

—No nos agradezca nada; la gloria es del Señor, nosotros solo hacemos su voluntad.

Las palabras del ángel no eran del todo ciertas, pero habían acordado que los humanos no podían enterarse de las divergencias que surgieron en los cielos y que terminó con su descenso a la tierra. La verdad era que muchos de ellos, sobre todo jóvenes, habían enfrentado la decisión de su creador de seguir demorando la batalla final contra el Señor Oscuro.

El grupo que llegó a los predios del campo de refugiados "Corpus Cristi", estaba formado además de por Reilar y Valiera, por Cornal, Aliena y Chavira; quienes eran amigos muy cercanos desde que fueron creados varios siglos atrás, acompañando a los seres humanos en varias de sus desgracias y alegrías. Eso sí, sin poder inmiscuirse directamente, pues solo estaba permitido interactuar con ellos a una determinada edad, en su forma espiritual y con una orden directa de Padre.

Por eso no eran estrictamente ciertas las palabras de Reilar al anciano. Venían a ayudar como era el deseo inicial desde la creación, pero al mismo tiempo estaban desobedeciendo las órdenes del creador, cosa que no tenía que saber, porque lo más posible era que no comprendiera que, a pesar de ser a todas luces una rebelión, siempre existía la posibilidad de que formara parte de la voluntad divina para que al final de toda la historia, se cumpliese con su voluntad. Eso era un asunto entre seres celestiales y se tendría que resolver más adelante y a su debido tiempo.

Robert Des

Robert Des enseguida comprendió que se trataba de algo muy importante; nunca el anciano le había negado ninguna información y esos jóvenes evidentemente no eran de por allí; ni siquiera parecían humanos. Estaban demasiado limpios, demasiado saludables y sus rostros no denotaban ninguna preocupación, como si los problemas no existieran y ellos fuesen inmunes a cualquier calamidad. Sus ropas blancas y sus aires de superioridad le intrigaron al momento. Después de la negativa del joven de hablar en su presencia, se despidió con una reverencia y salió de la carpa principal, dio la vuelta y penetró por una abertura que él mismo abrió un tiempo atrás para enterarse de los posibles movimientos furtivos del anciano, llevándose una decepción, pues no tenía secretos para sus colaboradores ni para nadie. No obstante, la imposibilidad de chantajear a su jefe, continuó trabajando para el viejo, pues en ningún otro lugar un inútil como él encontraría un empleo con una comida regular y un sitio limpio donde dormir, a no ser que arriesgara su vida en las bandas armadas de los "Señores de la tierra", para lo cual no tenía valor ni vocación.

Penetró silenciosamente y se apoyó contra la carpa interior que servía de habitación privada para Nicolás Reed. Aproximó un ojo a uno de los diminutos huecos de la lona y pudo ver y escuchar toda la escena que se desarrolló frente a él. Después de encajarse la pluma de ángel en el pecho, el viejo se desplomó entre leves convulsiones que cesaron casi de inmediato. Al principio no se percató de los cambios en su fisionomía por la distancia y la mala iluminación, pero cuando se incorporó y fue a buscar el espejo, se aproximó al agujero y pudo darse cuenta de la transformación física que acababa de experimentar. Eso y la conversación que sostuvieron, dejaron a Robert sin ninguna duda. Estaba en presencia de ángeles verdaderos, los mismos de los que hablaba su jefe a cada momento, teniendo que soportar sus sermones a diario, ángeles que podrían significar su definitiva salida de ese asqueroso mundo a otro mucho mejor de lujos y excesos. Se deslizó hacia el exterior sin dejarse notar y presa de la excitación se retiró a valorar el verdadero alcance de lo que acababa de descubrir y la manera de sacarle la mayor ventaja.

Demoró todo un año trazando un plan para poder hacerse con el poder de las plumas de los ángeles. Estudió sus rutinas y sus costumbres, escuchó todas las conversaciones que pudo entre ellos y con el viejo, y cuando al fin pudo tener en su poder una de las plumas, pasó a buscar un posible comprador para tan precioso recurso.

Prosperidad

Por su parte, los ángeles siguieron su misión sin sospechar que habían sido descubiertos desde el mismo primer día. A expensas de un consejo que el viejo les dio, cambiaron sus divinas ropas por harapos y cubrieron sus rostros con velos o telas, pues la piel de los ángeles, aunque estén materializados en humanos, es imposible de ensuciar o manchar. Con mucho disimulo imponían sus manos a los enfermos y les curaban poco a poco, mientras les hablaban de la fe perdida por la humanidad y les hacían notar que sus curaciones eran debido a esa fe que, como es lógico, aumentaba a medida que mejoraban y la transmitían a los demás, esparciéndose entre todos como la pólvora húmeda que se seca con el tiempo y estalla repentinamente en todas direcciones. Así el campo, que parecía un cementerio de almas adoloridas, se convirtió en una explosión de alegría y esperanza que contagiaba a todos. Se comenzaron a reunir en grupos cada vez más grandes para cantar alabanzas y contarles a los nuevos que venían de todos los lugares sus experiencias. La buena salud y la esperanza les dieron fuerzas para arreglar y extender el campamento y trabajar mejor las pocas tierras de que disponían; hasta los exiguos ganados mejoraron su rendimiento. Parecían estar viviendo una época de prosperidad como nunca antes sin sospechar siquiera de dónde provenía tanta buenaventura. El pan y el aceite no faltaban en sus mesas, aprovisionadas con discreción por el joven anciano, quien no paraba ni un segundo de predicar, animar y ayudar a todos.

Esa bonanza atrajo la atención de los Señores de la tierra y más específicamente la de Paco Gibaros, el más prominente de esos mafiosos en toda la zona del sur de los antiguos Estados Unidos, que abarcaba cinco núcleos poblacionales y la nueva ciudad amurallada, con un total de siete millones de personas. El centro y norte del otrora gran país permanecía inhabitable, aportando solo algunos animales contaminados con radiación que emigraban hacia el sur buscando algo de pasto.

Gibaros

DESPUÉS DE LA GRAN guerra, las masas de sobrevivientes emigraron hacia donde lo que quedaba de autoridades dijeron era más seguro. Francisco era solo un niño de diez años, solo y traumatizado por la muerte de sus padres acaecida frente a sus ojos. Los huérfanos quedaron a su suerte después que la poca organización que existía colapsó bajo la escasez de alimento y la falta de mando. Surgieron de inmediato bandas de delincuentes que robaban todo lo que podían y a medida que pasó el tiempo, evolucionaron en organización, poder y crueldad. Las bandas más pequeñas fueron absorbidas por las grandes y quedaron solo unas pocas que, ante la posibilidad de quedar muy debilitadas en una confrontación entre ellas, optaron por repartirse los territorios a dominar. Basaban su eficacia en el poder de la jauría y en armas encontradas entre los escombros o en locaciones militares abandonadas. En una de esas bandas Francisco pasó el resto de su niñez y adolescencia hasta llegar a ser adulto y escalar posiciones dentro de la misma, llegando a convertirse en un "Señor de la tierra", aunque realmente permanecía bajo las órdenes y deseos de alguien más. Los que realmente tenían el poder sobre esos pequeños ejércitos, eran otros que vivían en el interior de la gran ciudad de Los Ángeles y que tenían hombres bien alimentados, armados y entrenados para defenderse de ataques externos. Ellos eran los dueños de las pocas fábricas que pudieron rescatar y rodearon la mitad de la otrora grandiosa urbe con un insuperable muro, levantado con los restos inservibles de la otra parte, destruida por la guerra o por ellos. Incluso así, sobraba espacio para alojar a la clase alta y a los trabajadores, siendo una gran atracción para atraer a quien quisiera vivir dentro de la ciudad y tuviese los recursos necesarios para hacerlo. Se admitían personas que llegasen con oro, con muchas armas o con grandes ideas, que eran los menos. Para entrar o salir usaban el antiguo sistema de túneles del metro, aunque casi nunca salían y solo se entraba con una orden o invitación expresa. Los que trataban de penetrar por sus medios, eran asesinados sin juicio alguno. Dentro se cultivaban algunas cosas, pero era insuficiente, por lo que la mercancía se movía casi exclusivamente de afuera hacia adentro, controlada por estos Señores de la guerra, que al mismo tiempo protegían a los Señores de la tierra, encargados de asegurar la comida de la ciudad, que no eran otra cosa que campesinos con algunos hombres bajo su mando.

Nacer y crecer en ese ambiente extremo, hizo de Gibaros un hombre de hierro. Lo único que despertaba en él ternura era su hija. Una huérfana de nacimiento que crió con el corazón y que el destino le quería arrebatar enfermándola desde los doce años. Ya tenía diecinueve y la constante lucha por sobrevivir había dejado huellas en su cuerpo y espíritu sin lograr robarle su belleza natural, algo que heredó de la madre que nunca conoció.

Paco Gibaros puso su atención en el campo de refugiados Corpus Cristi, no solo por su prosperidad, sino por el informe que le había llegado inesperadamente de dos de sus hombres encargados de reunir información de posibles enemigos o pequeños comerciantes que no pagaban el debido gravamen por su protección. Dicho informe hablaba de algo que parecía haber escapado de un libro fantástico y trataba sobre alguien que decía tener en su poder una fuente infinita de salud y pedía una entrevista con el jefe.

Gibaros no habría prestado atención a una noticia de esa índole sino fuera porque vino acompañada de la prosperidad súbita de todo el lugar. Por más que los jóvenes ángeles trataron de mantenerse bajo el radar, no pudieron evitar que se hablara de ellos, o más bien del sistema médico del campo de refugiados donde hacía ya un buen tiempo nadie moría de enfermedades. Por desgracia, la leucemia de su hija le hacía explorar cada posible cura con una avidez frenética, no importa cuán fantástica, loca o imposible pareciera su procedencia. Ordenó a sus hombres que prepararan un encuentro entre él y quien decía tener la mágica cura.

La entrevista

LA ENTREVISTA SE LLEVÓ a cabo en una estación secundaria de la red del metro que caía bajo la influencia directa de los hombres de Gibaros, a unos cinco kilómetros del Corpus Cristi. Tres de los escoltas personales del jefe mafioso rodeaban a un individuo que permanecía nerviosamente sentado en una de cuatro sillas oxidadas, colocadas alrededor de una mesita de aluminio redonda y con manchas de color ocre en toda su superficie, de forma que solo se podía llegar a él viviendo de frente. Había sido advertido por los matones que no pusiera sus manos sobre la mesa bajo ninguna circunstancia o lo tendrían que matar al momento. Cuando ya parecía reventarse de la desesperación, se escuchó proveniente del túnel un chirrido metálico. A los pocos segundos una pequeña máquina de tracción manual hizo su aparición y sobre ella la figura de Paco Gibaros. Era un hombre cercano a los cincuenta, algo ancho de espaldas y más bajo de lo habitual, el resto de sus facciones denunciaban su procedencia mexicana. De un salto alcanzó la plataforma de granito y se encaminó hacia los que le esperaban sin reparar en sus guarda espaldas que, cansados por el esfuerzo de mover el vehículo, no podían seguirle el paso. Llegó junto a los cuatro individuos y sin saludar tomó asiento frente al que le esperaba sentado y nervioso en medio de los tres custodios.

—Así que tú eres el hombre del que todos hablan —dijo en un tono algo cansado que sugería no creer en lo que le estaban vendiendo—; cuéntame toda la historia desde el principio y trata de que te crea, porque mi tiempo es muy valioso.

El individuo pareció volverse más pequeño mientras bajaba la mirada. Carraspeó la garganta y se dispuso a contar la historia de su descubrimiento lo más rápido posible, para no colmar la paciencia de su anfitrión.

—Verá; trabajo en el campo de refugiados de Corpus Cristi y sé el secreto de todo lo que está pasando allí y le aseguro que vale la pena una inversión para tener la fuente de la juventud que allí habita. Por una suma determinada yo le puedo entregar el tesoro más deseado de la tierra.

Ante la impasividad de la mirada del mafioso, el hombre siguió hablando nerviosamente, luego de hacer una pausa para ver la reacción que mostraba su interlocutor.

—Le juro que todo lo que le digo es verdad. Lo he visto con mis propios ojos durante doce meses. Un viejo se volvió fuerte y vigoroso delante de mí; los enfermos se curan en una semana sin importar la dolencia que tengan; y cuando los chicos duermen, sus alas se desplie...

— ¿Alas? ¿Has dicho alas? —Le interrumpió de repente mientras acercaba su rostro por encima de la mesa—. ¿Crees que soy un niño para creer en cuentos de hadas?

— ¡Señor, lo juro por mi vida! Nadie me quiere creer, pero es la verdad y tengo la prueba.

El mafioso pareció relajarse. Se echó hacia atrás y paseó la mirada por la abandonada estación de metro, se levantó lentamente y dio unos pasos en lo que parecía meditar si matar o no al individuo.

— ¿Sabes lo que pasó en esta estación; lo que significa para mí?

El hombre negó con la cabeza, intuyendo que algo no iba a terminar bien en ese encuentro.

—Yo tenía siete años cuando mis padres me trajeron aquí para seguir camino a Chicago. Estábamos sentados en esa mesa en que ahora tú estás, cuando una bomba de gas tóxico explotó justo en la entrada. Como yo era demasiado pequeño, el gas no llegó a mis pulmones de inmediato, por lo que tuve tiempo de ver a mi madre y a mi padre llevarse las manos a la garganta y vomitar sangre antes de morir. Yo me asusté como era lógico y pude llegar al tren que en ese preciso instante salía de la estación. Luego, cuando me hice un Señor de la tierra, regresé al mismo lugar y le di sepultura a los huesos podridos de mis padres, o lo que quedaban de ellos, pero pasó algo extraño. La sangre que vomitaron aquel día no desapareció por completo, manchando esa pequeña mesa hasta hoy en día. Así que cuando juras algo ahí sentado, estás jurando sobre la sangre de mis padres y eso para mí es sagrado. ¿Entiendes? ¿Quieres volver a jurar que lo que dices es cierto?

El hombre se alejó instintivamente de la mesa, mirando con una cara diferente las manchas sobre ella, que ahora le parecían asquerosas y repulsivas.

— ¿Entonces..?

— ¡Lo juro, lo juro! ¡Aquí tengo la prueba! —dijo, sacando de un doble forro cosido en su abrigo una blanca pluma.

Mostró la carta final que había guardado celosamente en caso que no le creyesen y que podría comprar su vida si se encontrara en peligro. A los cinco matones y al propio jefe, les brillaron los ojos con un extraño fuego.

— ¿Una pluma? Más te vale que sea una pluma mágica o saldrás de aquí con una bala en la cabeza.

— ¡Es una pluma de ángel! Yo mismo la tomé mientras dormían y se desprendió de sus alas, cogerlas de otro modo es imposible, llevo intentándolo mucho tiempo —dijo recuperando la compostura al ver la impresión causada en el rostro del jefe.

Sin quitarle la vista que clavaba en sus ojos, Gibaros extendió la mano y tomó la pluma que el hombre le ofrecía. La miró más de cerca, examinándola detenidamente. Era reamente maravillosa, aunque dudaba seriamente de su supuesta procedencia, el solo observarla procuraba un deleite infinito y extraño. En esos días que casi nada resultaba ser agradable a la vista, algo así podía hipnotizarte por horas; se notaba que no era de este mundo y sin embargo, nunca podría haber descubierto de cuál por sí solo.

— ¿Dices que esta pluma es el tesoro más grande de la tierra?

—Sí señor, he visto cómo puede convertir a un anciano en un hombre joven y fuerte en pocos segundos y personas moribundas vuelven a correr y saltar como niños... es la pura verdad... si quiere puede probarlo en usted mismo.

— ¿Y cómo se usa?

—Se encaja en cualquier parte del cuerpo y después de desmayarse comienza la transformación. Solo dura unos segundos, como le dije.

El jefe dio media vuelta sobre sus talones, mientras parecía meditar con la pluma sostenida en la mano a la altura de sus ojos. Dio un lento paseo alrededor de la mesa y de sus hombres. De repente, con un movimiento rápido e inesperado, le clavó fuertemente la pluma en la espalda de uno de sus guardaespaldas. Éste cayó de rodillas, como fulminado por un disparo y convulsionó por unos segundos. Los otros matones se apartaron recelosos, pero con cuidado de no ofender al jefe, quien miraba con curiosidad lo que sucedía con su subalterno. Pasado el colapso y con algo de fatiga, el hombre se puso de pie y miró fijamente a su superior con los ojos grandes como platos.

— ¡Puedo... puedo ver... con los dos ojos, mi señor! ¡Es un milagro!

Se movió hacia atrás y observó a sus colegas con una sonrisa de loco en los labios.

— ¡Y tampoco me duele la pierna! ¡Es maravilloso!

El hombre perdió la compostura. Comenzó a saltar y gritar que era un milagro, bajó a las vías del metro y corrió a toda velocidad, perdiéndose de vista por el túnel. Los otros quedaron anonadados ante la escena y se volvieron con la mirada a su jefe, quien demoró unos momentos en responder a la obvia pregunta que todos le hacían.

— ¡Déjenlo! Cuando se calme regresará —alcanzó a decir, tratando de ocultar su perturbación. Ahora se arrepentía de no haber probado el efecto de la pluma con él mismo, pero era demasiado tarde para lamentarse.

Buscó con la vista dónde había caído la pluma y la encontró tres metros más allá de donde cayera desplomado su empleado. Pareció confundido al percatarse de que ya no era blanca, sino que se comenzaba a tornar oscura paulatinamente. Miró al desconocido que permanecía sentado, observando el desarrollo del drama.

—Luego de usarse se pone negra, aunque a esa todavía le queda un poco de magia. Luego no sirve más que de adorno —dijo con algo de tristeza, casi de melancolía; quizás por ver desperdiciada una de las preciosas plumas.

— ¡Suficiente! ¡Vamos al cuartel general!

Solo con una mirada de su jefe, los hombres tomaron por las axilas a su invitado y se subieron todos a la máquina. Arrancó suavemente cuando dos de ellos accionaron las manivelas y fue tomando velocidad poco a poco, hasta perderse por completo en la oscuridad subterránea.

El cuartel general de Gibaros era el sótano del edificio del FBI en LA, pero quedaba ahora en las afueras de la nueva ciudad amurallada. Cuando llegaron, el jefe ordenó que no se le molestara de ningún modo y entró a su bunker acompañado por los que estaban en la estación y el alegre guarda espaldas curado por la pluma. Robert Des quedó en una pieza contigua, amarrado a una sólida silla de roble sacada de una sala de justicia, destinada a soportar el peso de un juez. Después de esperar unos minutos se escuchó el trepidar de un fusil automático, se abrió la puerta por donde entraron y salió el jefe, todavía con el humo de la pólvora escapando lentamente de sus ropas y de su arma. Se dirigió a él con el fusil en la mano y la vista clavada en el suelo, como si cargara con un enorme peso en su espalda.

—Esos hombres eran muy valiosos para mí —levantó la cabeza y le atravesó con la mirada—, y los he matado por tu causa; así que de ti depende si su muerte fue en vano o si tengo que mandarte donde ellos para que les des explicaciones, ¿entiendes?

Nerviosamente el sujeto asintió con la cabeza sin quitarle la vista al arma humeante que sostenía delante de él.

— ¿Cómo te llamas?

— ¿Qué?

— ¡Tu nombre!

—Des... Robert Des; pero... pero todos me dicen RD.

—Bien, RD. Mejor me cuentas desde el principio sin omitir ningún detalle sobre las dichosas plumas y lo que sabes de ellas y sus dueños, esos ángeles que dices.

Flashback

DESPUÉS DE LA GRAN Guerra se desataron horribles tragedias en todo el mundo, dejando inservibles la mitad de las tierras fértiles y desatando una hambruna mortal que se llevó millones de vidas. Luego vino el clima, que descompensado inundó todo de lluvias ácidas y ciclones gigantes. Tres tercios de la población desapareció, pero por el poco espacio disponible, la superpoblación aumentó en las ciudades que quedaron y allí se juntó lo peor y lo mejor de todo, ganando por supuesto lo peor, pues en medio de la desesperanza y las necesidades no hay cabida para que los buenos corazones se impongan a la maldad y a la violencia.

Nuevas tierras se descontaminaban poco a poco, apoderándose de ellas los Señores de las tierras, que dominaban amplias secciones después que los gobiernos centralizados desaparecieran, ocupando su lugar y obligando a los desposeídos a trabajarlas casi por nada. Las fábricas de artículos caducaron o se centraron en lo más importante, la alimentación. Llegaron a fabricar comida sintética a partir de casi cualquier cosa y así dominaban a los que estaban bajo su jurisdicción, usando el alimento como controlador de multitudes. No obstante, a eso, el grueso y lo mejor de la producción se dirigía a nuevas y florecientes ciudades rodeadas por muros infranqueables y protegidas por hombres bien armados y mejor alimentados. Ciudades en la que vivían las familias de esos "señores" y los dueños de las pocas fábricas que paulatinamente echaban a andar sus limitadas producciones. Allí se forjaba una nueva clase con mucho oro, metal que luego de desaparecer el dinero ocupó su lugar, igual que muchos años atrás. Algunos trabajadores, escogidos de los tugurios y campamentos que rodeaban las ciudades, iban a trabajar cada día en esas fábricas, entrando y saliendo con pases especiales por la única puerta que atravesaba las inmensas murallas.

Los ángeles no era el único lugar del planeta que estaba tomando esas características, pero sí era el que más marcada diferencia ostentaba. En la mayoría del mundo las personas se habían visto obligadas a vivir como nómadas por el constante cambio del clima, que todavía no se estabilizaba y barría con lluvias ácidas y vientos secos las plantaciones que apenas sobrevivían. Mientras las masas de personas se mantuvieran así, nunca habría forma de producir más allá de lo preciso para vivir. Sin embargo, en el sur del continente americano se estabilizó lo suficiente el ciclo de lluvias y los ciclones llegaban sin fuerzas, haciendo bastante viable la estadía. Enseguida surgieron los excedentes y con ellos los que se aprovecharon del extra. Se restauró un área de la gran ciudad de Los Ángeles y la cercaron con muros sacados de los mismos rascacielos destruidos que antaño dibujaban su silueta en el horizonte. Compraron las pocas armas que quedaron de la guerra y comenzó otra vez la interminable historia de la humanidad, esta vez teniendo como epicentro de "la civilización" el estado de California, a donde acudían cada vez más personas en busca de mejorías, aunque la afluencia era lenta.

La región se mantuvo bastante fértil y fuera del alcance de la guerra por sufrir unos años antes del estallido, un terrible terremoto que alejó a todos de la zona, dejándola prácticamente desierta y sin interés estratégico para el enemigo. El sismo fue tan grande que desvió grandes corrientes acuíferas subterráneas hacia allí, convirtiendo a California en una especie de paraíso natural. Ahora se estaba repoblando con desplazados que se refugiaban viniendo de todas partes del mundo, tras correrse la noticia por los pocos aparatos de radio que funcionaban y que habían formado una especie de red, que allí se estaba forjando la semilla de la nueva civilización. Aunque estuviese limitada por las fronteras de la radioactividad, con los años tenían la esperanza de recuperar la mayor parte del país y los más soñadores imaginaban el mundo renacido y comandado por ellos o sus descendientes, bajo un solo gobierno, incluso con un mismo idioma.

Pero la cuestión era que no solo los poderosos habían decidido establecerse en dicho lugar, sino que llamó la atención de alguien mucho más peligroso y despiadado. Quien una vez fuera la más bella de las criaturas existentes, escogió el mismo lugar para establecerse, aunque por razones diferentes.

Gabriel

— ¿NO ES UNA HERMOSA ironía que tenga que vivir bajo tierra? —le preguntó a su lugar teniente y general de su ejército de demonios—. Espero que a Padre le guste. Al fin y al cabo, así es como nos representaron por siglos los estúpidos humanos, sin sospechar que siempre vivimos entre ellos.

—No paras de jugar con él, un día se cansará y vendrá por nosotros.

—No puede hacer nada. Si nos elimina solo quedará como un dictador hipócrita delante de los demás y perderá el respeto de sus hijos. Entonces otros seguirán mi camino y tendrá que eliminarlos también y así sucesivamente.

—Solo digo que estás muy confiado. Quién dice que los demás no lo apoyen.

—Sí que lo apoyan; todos están ardiendo de ganas de destruirnos. A quien padre le teme no es a nosotros, es al libre albedrío. Solo basta que uno de sus preciosos ángeles se pregunte si yo tenía razón y todo volvería a empezar...

Tres fuertes golpes en la puerta de acero de seis toneladas cortaron la conversación. Luego de intercambiar contraseñas, el lugarteniente giró el enorme y oxidado cerrojo circular que abría la bóveda con relativa facilidad. Un demonio, tan fuerte como él mismo, entró sin saludarle y fue directamente al trono donde le esperaba su rey.

—Hemos tenido informes sobre la existencia de ángeles muy cerca de aquí mi señor.

La noticia le hizo saltar de su asiento. Lo tomó por el cuello y lo elevó hasta el mismo nivel de sus ojos.

— ¡Dime dónde están esos malditos y qué están haciendo!

—Señor, se encuentran en una zona de California, cerca de la ciudad de LA. Quien tiene la información exacta es un imbécil que está tratando de vendérsela a un "Señor de la tierra"; pero lo más probable es que le cueste la vida y no gane nada.

Le dejó caer donde mismo estaba y desvió su mirada hacia el que sostenía la circular puerta, enrojeciéndose sus ojos y transformando su todavía bello rostro en una espantosa mueca.

— ¡Galadiel, te encargo personalmente su búsqueda y captura! ¡Llévate a los mejores humanos que tengamos y no vires sin él! ¡Tú —se dirigió al portador de las noticias— corre la voz entre los nuestros; nos mudamos a Los Ángeles lo antes posible. Diles a todos que guarden sus energías para el viaje.

—Pero señor, yo acabo de inmaterializarme para venir, no puedo hacer otro viaje tan rápido...

El demonio calló de repente al ver la furia de su amo en la mirada fulminante que le lanzó. Luego pareció calmarse y le puso la mano sobre el hombro.

—Puedes ir después si te apetece, hiciste un buen trabajo; pero ve y da la orden al resto. ¡Rápido!

El demonio salió con paso apurado y le siguió el que sostenía la puerta blindada. El señor de las tinieblas, Gabriel, quedó solo en el amplio espacio de la bóveda del otrora banco federal. Su rostro regresó poco a poco a la normalidad dejando ver una capa cuarteada sobre su piel. Se dirigió al espejo y observó su reflejo con odio. Tomó una tela húmeda y se retiró todo el maquillaje. Aparecieron entonces finas arrugas que surcaban sus mejillas y la frente; se acercó todavía más al cristal aumentando su malestar. Desde hacía varios años había notado que comenzaba a envejecer; primero pensó que eran ideas suyas, pero al cabo de un tiempo se convenció de la cruda realidad. Él, un ser divino, estaba envejeciendo. No sabía bien el por qué, pero lo dedujo: después de tantos siglos tan cerca del pecado y la imperfección, sus dones divinos comenzaban a disminuir junto a su vitalidad y, por supuesto, su poder. Eso significaba solo una cosa: el principio del fin.

"¡Qué bien se lo tenía guardado!", pensó, asumiendo que Padre sabía sobre el efecto que el tiempo estaba teniendo sobre él. Cada década que pasaba le costaba más y más trabajo inmaterializarse para viajar grandes distancias o hacer fechorías y luego volver a convertirse en un ser físico; pero las señales venían desde hace siglos, cuando no pudieron procrear más con humanas; aunque seguían disfrutándolo, ya no tenían el poder de engendrar Néfilim que trabajaran para ellos como esclavos, así que tomaron humanos, más inteligentes que sus hijos, pero menos fuertes y leales. No tenía conocimiento de que ningún otro demonio estuviese sufriendo los mismos efectos, pero eso se explicaría fácilmente por ser el más antiguo y el más malvado de todos los que aún moraban en la tierra. Durante muchos siglos habían disfrutado de los frutos de su rebelión, pero la última guerra convirtió el mundo en algo nefasto, incluso para ellos. Las mujeres, que fueron su consuelo más recurrente, escaseaban o eran sucias, enfermas y feas. Las diversiones eran menos cada año y los malditos humanos se demoraban demasiado en repoblar la tierra. No obstante, confiaban en que, tarde o temprano, todo regresaría a una normalidad aceptable donde volver a vivir confortablemente, hasta que su creador decidiera lanzar la última batalla prometida desde hacía muchos siglos a toda la creación. El oro, junto a otros materiales preciosos que había almacenado desde hacía mucho y que guardaba en esa bóveda, le serviría para establecerse en la nueva ciudad; pero no sabía si su degradación física se aceleraría, acortando su sueño de volver a disfrutar su rebeldía como antaño. Mandaría todo el oro en una caravana que se demoraría en llegar unos meses; mientras tanto, sondearía el terreno y buscaría a esos míseros y atrevidos ángeles para recuperar las fuerzas perdidas.

Al principio de su expulsión a la tierra, le cobraba a los ángeles que le seguían una cuota de plumas para ser aceptados junto a él y disfrutar de los placeres humanos, así permaneció siendo el más fuerte de todos cuando el resto veía cómo disminuían sus poderes divinos, pero hace mucho que nadie bajaba del cielo y descubrió algo que lo sacó de sus casillas. Se percató de su lenta degradación. Se asustó como nunca lo había hecho. Ni siquiera ante Dios se sintió tan atemorizado. La conciencia de envejecer se afianzó de su mente y le obsesionó. En el corazón de los ángeles, la eternidad está mil veces más arraigada que en el de los humanos. La sola idea de ser eternos siempre está en ellos como algo natural, no importa que hayan vivido miles y miles de años. Su naturaleza es muy distinta en cuanto a sus semejantes terrestres, quienes perderían las ganas de existir a los doscientos o trecientos años, incluso con buena salud. A pesar de su decadencia, calculaba que le quedaban unos diez o quince siglos antes de llegar a una apariencia humana de sesenta años, ahora aparentaba unos treinta.

Con la nueva noticia se despertó la esperanza en el malvado corazón de Gabriel. Algunos ángeles jóvenes, muy jóvenes para entender el peligro real al que se enfrentaban, habían desobedecido la voluntad de Padre de seguir demorando la batalla final y así seguir condenando a la humanidad al suplicio del pecado, agravado con la influencia directa del peor de los caídos. Fueron a tierra sin permitírseles y ahora deberían pagar el precio por su error. Vinieron impulsados por un sentimiento de amor, similar al que empujaba a los jóvenes humanos a ir a la guerra con una sonrisa en los labios, poniendo el pecho a las balas. No pudieron esperar por el juicio basado en la sabiduría de su omnipotente padre; el dolor de esas pobres criaturas les conmovió en sus corazones puros y decidieron hacer algo más que esperar unos siglos a que llegara la gran batalla, como venían haciendo el resto de ángeles adultos desde hacía milenios. Fue entonces que bajaron y mal organizados, comenzaron a hacer el bien entre los humanos más necesitados. Todas sus acciones no habrían tenido ninguna consecuencia si el amo y señor de las tinieblas no se hubiese percatado de esas finas arrugas que surcaban su rostro y la disminución progresiva de su poder, pues todo el tiempo bajaban ángeles a la tierra y él nunca se hubiese atrevido a atacarlos, primero por el poder que tenían y segundo, para no irritar al viejo, no fuera a pasarse por alto el pacto y lo atacara con toda su fuerza, lo que significaría su fin de forma segura e inmediata.

No obstante, había tenido siglos para planear una estrategia y al fin creía que las condiciones estaban listas para para ponerla en práctica. Si su padre respetaba el pacto, como era de suponer, tendría una oportunidad de oro para hacerse con el poder sobre la tierra y sus ocupantes por toda la eternidad.

Cuando a los oídos de Gabriel llegaron las buenas nuevas de que seres espirituales trabajaban codo a codo ayudando a los humanos para así revertir la incredulidad que azotaba al planeta desde la última guerra, un rayo de esperanza iluminó su oscuro interior. Miró sus alas negras, aún hermosas, pero casi sin poderes celestiales y recordó sus antiguas propiedades, cuando el espíritu santo las llenaban de fuerza divina. Entonces decidió hacerse con todos los que pudiera de estos jóvenes rebeldes para recobrar su fuerza y juventud y comenzaría por los que tenía más cerca.

Él sabía, por ser también un ángel, que ellos no podían interactuar con personas u objetos materiales, por lo que debían haberse materializado; de lo contrario solo podrían ser vistos o escuchados como entes etéreos o mientras los humanos dormían, lo que no es de gran ayuda si lo que se desea es ayudar a enfermos o hambrientos; además, la experiencia le enseñó que incluso estando entre ellos, la incredulidad y la estupidez podían hacer que interpretaran las apariciones como visiones o sueños, dejando sin efecto práctico cualquier intento por guiarlos o ayudarlos. Por eso tenían que materializarse y en ese estado eran mucho más vulnerables que en su forma espiritual, casi tan vulnerables como un ser humano común y corriente, aunque uno muy fuerte, por supuesto. Por otra parte, a él y a sus demonios les era casi imposible acercarse a uno de sus hermanos celestes sin que detectaran su presencia, incluso desde muy lejos; así que tendría que entrenar a algunos humanos y enseñarles dos o tres trucos para atrapar un ángel sin hacerle un daño mortal, pues no estaba en sus planes matarlos, puesto que estando sin vida de nada le servirían sus plumas. Además, hacer una matanza de ángeles sin existir una guerra declarada podía desencadenar una avalancha de arcángeles que le destruirían en pocos días. Tenía que planear bien sus pasos o la oportunidad se le podría escapar de entre las manos.

Primero tendría que ubicar bien el lugar donde estaban operando para poder evitar pasar cerca de ellos; el segundo paso consistía en enseñar a sus Cetras a capturarlos, el tercer movimiento sería encontrar un lugar donde poder mantener cautivos a los ángeles sin llamar mucho la atención. Después podría inyectarse cada pluma que sus alas dejaran caer y recuperar sus fuerzas; hasta quizás sus propias alas podrían tornarse nuevamente blancas y poderosas.

Pero primero era lo primero, mientras se preparaba tenía que esperar por la búsqueda de Galadiel y eso podría tardar unos días.

Interrogatorio.

—HACE MÁS O MENOS UN año, un grupo de cinco jóvenes llegaron al campamento donde trabajo...

— ¿Cuál campamento? —Gibaros sabía la respuesta, pero quería infundir más miedo en el hombre sentado frente a él.

—El...el Corpus Cristi...parecían jóvenes normales, aunque eran demasiado limpios y sanos para ser nómadas en busca de refugio. Entonces uno de ellos se reunió con el viejo que dirige el campamento y le ofreció una pluma para que los ayudara en la misión que les llevaba allí...

— ¿Qué misión es esa? —volvió a interrumpirle Gibaros, llamando su atención con el cañón del fusil automático que descansó sobre sus piernas.

—No lo sé, se lo aseguro... creo que es ayudar a la gente enferma y necesitada... o crear una iglesia o algo así; ellos no hablan casi entre sí, pero se miran constantemente y asienten con la cabeza, como si hablaran con los pensamientos.

—Continúa.

—El viejo se enderezó y rejuveneció delante de mí, igual que su hombre recuperó la visión y se le curó la pierna. Ahora no se para ni para descansar, cuando antes no salía de la cama por las enfermedades. Hace unos días le volvieron a clavar una de esas plumas, por lo que el efecto curativo debe de durar de tres a cuatro meses, según yo lo veo, pues ya van unas cuatro.

Detuvo la narración y buscó ayuda en el jefe sentado delante, quien le observaba sin ninguna emoción aparente.

— ¿Qué me impide coger uno de esos ángeles y desplumarlo?

— ¡No se puede! En varias ocasiones han tenido que dejar morir enfermos, incluso a niños por no tener plumas en ese momento, en cuyas ocasiones esas criaturas lloran por el pesar de no poder evitarlo y recolectan sus lágrimas para dárselas a los que peores se encuentran y cuando eso sucede, los efectos son mucho más grandes e inmediatos. Las plumas no se pueden arrancar y mucho menos cortar; una vez traté de hacerlo mientras dormían y la tijera se partió con solo tocarla. Definitivamente tienen que caer por sí solas; según yo calculé pierden una cada tres o cuatro meses.

—Me imagino que ninguno de ellos entregue esas plumas por las buenas, ¿cierto?

—Temo que no. No parecen sentir miedo por nada y el oro no les puede interesar menos; solo quieren curar y cuidar de los enfermos, no les importa nada, ni siquiera alimentarse, ¡casi ni prueban bocado!

—En cuanto a ti, ¿no tendrás más plumas de esas guardadas?

—No, claro que no. Me costó mucho trabajo y horas de sueño hacerme de esa. Todo para desperdiciarla con ese bruto. Pero yo puedo proporcionarle otras... claro, que espero un pago por mi esfuerzo.

Un silencio se entabló entre ambos. El del fusil lo miraba fijamente y el otro bajaba la mirada como un lobo beta ante el alfa.

— ¡Claro que te pagaré lo que pidas por ellas! No faltaba más —dijo Gibaros con una carcajada, relajando el ambiente de inmediato y poniéndose de pie—. No creo que tenga que advertirte que no compartas esa información con nadie, o todas las plumas del cielo no bastarán para resucitarte.

El plan

Cuando Galadiel llegó ya Gabriel lo esperaba con la puerta de la bóveda abierta, al entrar se percató que el oro acumulado había desaparecido.

—Ya lo mandé en una caravana a un lugar seguro en las afueras de Los Ángeles —dijo Satán adivinando el pensamiento de Galadiel.

—En las afueras no hay ningún lugar seguro.

—Lo sé; pero igualmente ya estaremos allí cuando ellos lleguen, si es que cumpliste bien con tu misión.

—Cumplí bien con mi trabajo; siempre lo hago. Sólo son cinco y son jóvenes, muy jóvenes. Están imponiendo las manos y curando a la gente con disimulo, sin descubrir lo que son. También forman poco a poco una especie de iglesia sin un líder obvio, algo bastante informal y podremos salir de inmediato dando un rodeo hacia el norte hasta llegar a la ciudad por el oeste; así no podrán sentir nuestra presencia.

— ¿Qué, no vas a descansar? ¿Acaso bebiste lágrimas divinas y no las compartiste conmigo?

Galadiel miró seriamente a Gabriel y entendió que bromeaba, aunque no le hizo ninguna gracia. Ambos entraron al interior de la bóveda y se sentaron frente a frente con una botella de whisky en medio. Se sirvieron sendos vasos y tomaron en silencio.

—Pensé que ya no quedaban de éstas —dijo Galadiel.

—Todavía tengo guardadas algunas para celebrar grandes ocasiones y hoy celebramos el comienzo de una nueva era. La humanidad está renaciendo y nosotros con ellos, pero ahora no entraremos en ella como extraños, sino que seremos parte de su fundación.

—Ya no somos tantos como al principio, la mayoría han muerto en manos de humanos o en peleas con iguales.

—Pero los que quedamos somos los mejores, ¿no? Además tengo un nuevo plan.

— ¿Y se puede saber cuál es ese plan?

—Hasta ahora solo nos aprovechábamos de nuestra fuerza y habilidades para disfrutar del placer de los humanos o para complacernos en sus sufrimientos. Ahora no solo haremos lo mismo, también vamos a posicionarnos en lo más alto de la sociedad...vamos a ser sus reyes y sus príncipes y prepararemos a todo nuestro reino para combatir a Padre si se decide a barrernos del universo.

— ¿Te has vuelto loco? ¿Humanos de nuestro lado luchando contra ángeles? ¡Qué idea más loca!

— ¡No, piénsalo! Sabemos lo suficiente para no cometer los mismos errores que han cometido el resto de los líderes humanos. Desde pequeños les inculcaremos el odio hacia Padre, a quien culparemos de todo lo que les ha pasado; de todas las guerras, del hambre y de las enfermedades. Crecerán con el corazón envenenado; aprovecharemos para destruir las pocas Biblias que existen y las iglesias que quedan en pie. ¡Podemos incluso inventar una nueva religión; la que queramos!

—No sé...quizás tengas razón —respondió Galadiel tratando de seguir la idea de su jefe y analizando lo que le pareció un disparate a la primera—. ¿Y si Padre se da cuenta y decide atacar antes que hagamos todo eso? Cosa que, dicho sea de paso, nos llevará algunos siglos. Si eso sucede estaremos perdidos.

— ¡Ya estamos perdidos, Galadiel! —Gritó Gabriel como un trueno, desplegando sus alas en un arranque de furia—. ¡Mira nuestras alas! Están completamente negras; casi no podemos inmaterializarnos y cuando lo hacemos necesitamos descansar una semana; no fecundamos humanas hace siglos y nuestras heridas demoran el triple de tiempo en sanar que cuando llegamos a este maldito mundo. ¡Hasta nos emborrachamos con una sola botella!

Satán se volvió, aún enojado, pero aliviado de sacar su ira y siguió hablando de espaldas a su subordinado.

— ¡Ya estamos perdidos, amigo mío! Es solo cuestión de tiempo y la casi extinción de la humanidad nos está dando una nueva oportunidad. Podemos lograr que las personas se olviden de Dios, incluso que le odien, pero tenemos que eliminar a todos esos ángeles que han bajado a ayudar y comenzaremos por los que vinieron aquí.

— ¿Por los de aquí; es que hay más en otros lugares?

— ¡Claro que sí! Apuesto que son rebeldes, de lo contrario vendrían en hordas, no de a pocos, y no serían jóvenes, sino grandes y fuertes. Seguramente temieron por las almas de los sobrevivientes; la juventud siempre es impulsiva y necia, incluso en los cielos.

—Aun así, un solo arcángel podría matar a millones de humanos apenas sin esfuerzo con una espada celestial.

— ¡No podrán hacerlo! No si son todos; no si eliminamos la fe de sus corazones. Si nacen sin Dios, si crecen sin Dios, si nadie les habla de Dios, ninguna espada divina los podrá matar. Serían inocentes al no tener un espejo donde ver sus pecados y un ser espiritual no puede matar a un ser inocente, ni siquiera Padre lo puede hacer. ¡Nadie puede ser juzgado si no sabe que el pecado existe! Es una regla dorada creada por él mismo y él no puede mentir, ¿recuerdas?

—Es un poco enredado, pero... parece bastante lógico. Tendría que pensar en eso.

—Piensa, piensa, pero piensa por el camino, ya tenemos que partir.

Galadiel se puso de pie y luego de mirarse a los ojos se dieron un fuerte abrazo. Salieron de la bóveda y cerraron la puerta detrás de ellos. Salieron a la superficie y buscaron un edificio lo suficientemente alto para ganar energía cinética con la caída y así ahorrar la suya propia, pues el viaje era bastante largo y necesitaban toda la que pudieran.

El viaje

Llegaron a la planta más alta; allí les esperaban los doscientos cuarenta y cinco demonios que le seguían fielmente desde hacía ya varios siglos. Habían muchos otros desperdigados por la faz del planeta que prefirieron optar por otros caminos, aunque muy raras veces se convertían en errantes solitarios y más bien se reunían en grupos para apoyarse entre ellos y no sentirse tan solos en ese mundo tan brutalmente humano.

—Hoy vamos a comenzar lo que podría ser nuestra salvación definitiva —comenzó Gabriel su discurso en voz alta—. Nos dirigiremos a la ciudad de Los Ángeles, donde está naciendo la cimiente de una nueva civilización. El plan es hacernos con la jerarquía de esa civilización y guiarla por los caminos que más nos favorezcan; después les comunicaré los detalles. No les voy a mentir, si nuestro padre decide atacarnos, cosa que no creo que suceda por eventos que han llegado a mi conocimiento, estoy casi seguro que nos vencerá en pocos días; pero si llevamos a cabo un plan que he ideado para el futuro, es muy probable que nos tenga que dejar en paz para siempre; y cuando digo para siempre es para toda la eternidad. Los detalles los sabrán a su debido tiempo, ahora síganme y demos el primer paso de nuestra próxima vida.

Los demonios escuchaban sin mirar a su rey, ya estaban acostumbrados a su labia cada vez que emprendían una aventura en conjunto. Hacía mucho tiempo que decidieron seguirle y abandonar para siempre a sus hermanos celestiales y ahora darían sus alas y hasta sus propias vidas por Gabriel si él se los pidiera. Todos le dieron una o más de sus plumas al llegar y por eso podía sentir lo mismo que ellos y saber incluso lo que pensaban. Por ese hecho estaban ligados para siempre y aunque tenían la libertad de marcharse a dónde quisieran, siempre podía acudir a ese lazo y tirar de el para influenciarlos. Esperaron que Gabriel y su comandante fueran los primeros en lanzarse y les siguieron. Al alcanzar cierta velocidad, desplegaron sus negras alas y las batieron con fuerza, acelerándose la caída enormemente.

Desde muy lejos se podían ver cómo bajaban rápidamente en un inmenso grupo frente a la fachada destruida del rascacielos. Los puntos negros que descendían comenzaban a brillar intermitentemente y justo antes de estrellarse contra el suelo, aumentaron su brillo como pequeñas estrellas lejanas en el cielo y desaparecían, creando una explosión sónica que se podía escuchar a kilómetros de distancia. Luego otra explosión le siguió, esta vez de energía y un hongo atómico barrió el rascacielos y todo a su alrededor.

Una vez inmaterializados siguieron a su jefe, quien iba a la cabeza del grupo. No se elevaron mucho para evitar que los ángeles puros pudiesen verlos desde la distancia. Dieron un gran rodeo hacia el norte, pasando incluso por una zona "caliente" que permanecía inhabitable por la radioactividad. Luego giraron al oeste y siguieron un poco al sur, llegando precisamente al lado opuesto de donde estaba el refugio de humanos que querían evitar. Gabriel escogió un lugar bastante aislado y lejano para volver a materializarse. Esta vez hubo una poderosa implosión, absorbiendo cuanta materia existía en tres o cuatro kilómetros a la redonda. Quedaron desnudos y humeantes en medio de la nada, algo débiles por el esfuerzo, pero enseguida echaron a andar, deteniéndose horas después en un antiguo estadio de fútbol, donde crecían árboles jóvenes y no había nadie. Allí cayeron y la mayoría permanecieron acostados sobre la hierba, reponiendo la fuerza empleada en el viaje. Ya se habían preparado las condiciones de ante mano y enseguida algunos humanos Cetras le trajeron alimento, ropas y vino.

Galadiel aguantó el desgaste y fingió bastante bien delante de Gabriel, quien por supuesto se percató de su esfuerzo y lo tomó del brazo.

—No es necesario aparentar, querido amigo. Vayamos a ese lugar que escogiste para encontrarnos con nuestro hombre.

No respondió con palabras a la invitación, pero dejó que lo tomara y guiara sin oponerse. Caminaron unos minutos por las ruinas inhabitadas hasta llegar a una edificación bastante bien conservada, penetraron en ella y se sumergieron en un sinuoso laberinto de pasillos oscuros. Luego de un tiempo se detuvieron ante una enorme puerta de acero. Gabriel esperó unos segundos y desde adentro se escuchó cómo se corrían los cerrojos. Cuando terminó de abrirse entraron en el lugar, donde esperaban seis de los humanos que trabajaban para ellos y en una esquina, amarrado por las manos, colgaba la figura de otro, golpeado y maltrecho.

—Ése es quien sabe todo los detalles —le dijo Galadiel señalando al hombre amarrado.

—Bonito lugar haz escogido, amigo mío. ¡Ustedes, acérquense!

Los seis rodearon a Gabriel y cuando se aseguró que el hombre amarrado lo estaba mirando, en un segundo desplegó sus alas e hizo un movimiento circular, partiendo con sus alas a los que le rodeaban de un solo golpe. Los cuerpos cercenados cayeron pesadamente mientras convulsionaban entre un mar de sangre. Galadiel ni se inmutó, acostumbrado a los actos crueles y sin sentido de su líder; pero el que estaba amarrado en la esquina comenzó a temblar inmediatamente de miedo. Con las alas aún desplegadas y brillosas por la sangre, Satán se acercó a él y le dijo con una voz suave y calmada que contrastaba con la anterior masacre:

— ¿Me dices cómo te llamas, querido?

—Ro...Ro...Robert D...es —consiguió balbucear antes de desmayarse.

— ¡Parece que tenemos un ganador! —gritó Gabriel girándose con una risa en sus labios hacia Galadiel.

Otro interrogatorio

Al recobrar la conciencia, inmediatamente recordó lo último que había vivido y un espasmo recorrió todo su cuerpo, encogiéndose en el suelo donde estaba tendido.

— ¡Al fin despertaste! Ya me estaba aburriendo —le dijo Gabriel en tono sarcástico—. ¿Qué tontería hiciste para acabar enredado entre mafiosos y demonios, hijo mío?

El hombre en el suelo no sabía si responder o no, pues todavía estaba confundido y aterrado. Lentamente fue atreviéndose a mirar a los ojos a su nuevo dueño, aparentemente peor que el anterior. Al ver que permanecía esperando una respuesta, pensó que lo mejor era dársela.

—Solo quiero salir con vida de todo esto. Se pueden quedar con las plumas y con los mismos ángeles si quieren; solo quiero seguir vivo, no le diré nada a nadie, se lo juro.

—Sí, ya me han dicho que te gusta mucho jurar y no sé si lo sabes, pero nosotros odiamos eso; por tanto, será mejor que no jures. Además, no necesitamos un juramento para creerte o no. Llevamos tantos siglos lidiando con ustedes que podemos saber en un segundo si mienten o no, entre muchas más cosas. Sé que dices la verdad, así que seré breve y directo, ¿qué sabes de los ángeles del campamento y cuántas personas además de ti saben algo?

—Son... son ángeles; jóvenes, callados, hermosos... nada más.

— ¿Y...?

—Solo lo saben el jefe del campamento y Gibaros... él mató a sus hombres de confianza delante de mí para que más nadie lo supiera.

— ¿Gibaros es el señor de la tierra del que me hablaste? —le preguntó a Galadiel volteándose un poco. Éste asintió con la cabeza y regresó al interrogatorio—. Ya me está cayendo bien ese Gibaros, podríamos usarlo para hacernos con nuestros hermanitos, ¿no te parece?

Era una pregunta retórica, pero Galadiel respondió con un gruñido. Gabriel se levantó sin dejar de mirar al prisionero.

— ¿Has visto dormir a los ángeles que dices?

— ¿Qué?... sí, sí, los he visto dormir, muchas veces los he visto.

— ¿Cuándo duermen se le ven las alas?

— ¿He? Sí, sí, a los cinco. Siempre se les ven sus preciosas alas.

— ¿Seguro?

— ¡Seguro, seguro! Se lo ju...

Gabriel giró sobre sus talones y con un suave movimiento, casi sin darse cuenta, cercenó la cadena que mantenía atado a Des. Pasó su dedo índice por el último eslabón del pedazo que quedó atado al cuerpo y lo arrastró tras de sí como si el hombre no pesara nada.

—Vayamos a ver a ese Gibaros. ¿Hay algo que te disgusta, Galadiel?

—No nos quedan muchos Cetras, ¿por qué los matas sin razón?

—¿Ahora amas a los Cetras?

—Me importan una mierda, pero ya no tenemos laboratorios para fabricarlos y mueren muy jóvenes por infartos al corazón —le Respondió Galadiel mientras caminaban hacia la salida.

—Sí, ¡qué lástima que nuestro ADN no fuera tan compatible! Si la guerra se hubiese demorado unos años más habríamos encontrado una solución. Pero los odio tanto que los mataría a todos.

—¿No será que te desquitas con ellos el no poder matar a humanos?

—¡Vaya! Ahora somos psicólogos. Eso es nuevo incluso para ti, viejo amigo.

Ambos sonrieron y siguieron su camino hasta donde un auto los esperaba, dejando tras ellos un rastro difuso de la sangre que brotaba de las heridas de Des.

Negocios

Paco Gibaros permanecía parado frente a la puerta de acero abierta de par en par, observando con detenimiento los cadáveres de sus hombres esparcidos en raras posiciones en medio de sendos charcos de sangre con las armas todavía en sus manos.

— ¿Y dices que los disparos se escucharon solo unos segundos? —le preguntó a un guardia que permanecía a su lado con el horror dibujado en el rostro.

—No más de tres segundos, señor. Parece cosa de hechicería.

—La hechicería no existe. En cambio, los hombres incapaces sobran —lo miró por encima del hombro y vio cómo bajaba la mirada—. Parece que subestimé el valor del prisionero; algo así no se hace por un cualquiera; debieron mandar un comando de élite bien entrenado.

—Señor, hay un sobreviviente del ataque y dice que fue un solo hombre.

— ¿Por qué no empezaste por eso? Vamos a verlo... espera, ¿dijiste un solo hombre?

—Sí, señor; es lo que él dice.

—Estará loco. ¡Vamos!

Se encaminaron a una habitación sin puertas cerca de allí. Uno de sus hombres estaba acostado, quejándose en voz baja por los dolores de las heridas cubiertas por una tela ensangrentada que trataba de parar la hemorragia, dos más le atendían. Gibaros se dirigió al herido.

— ¿Qué sucedió, Marcus?

El hombre abrió los ojos que mantenía cerrados por el dolor y tomó la mano que le ofrecía su jefe con toda la fuerza que tenía. Sudaba demasiado y su rostro salpicado de sangre le daba un aspecto grotesco.

— ¡Un hombre... un hombre con alas... negras... negras como la noche! ¡Los mató a todos... a todos... en... en... un segundo!

—Tranquilo Marcus, tranquilo; lo encontraremos y tú estarás bien, no te preocupes.

El jefe interrogó con la mirada al que presionaba la herida y éste movió la cabeza en señal de que no había esperanza. Marcus empezó a convulsionar y sus ojos quedaron en blanco mientras vomitaba sangre espesa por la boca. En unos instantes la mano que sostenía Gibaros perdió toda su fuerza y luego se quedó quieto. El jefe le puso la mano sobre el pecho y se incorporó. Su mirada cayó en un chaleco antibalas que yacía no muy lejos del cuerpo, cortado en dos a la altura del abdomen.

— ¿Ése es su chaleco?

—Sí, señor, parece que algo muy filoso lo cortó a la mitad junto con las tripas de Marcus.

—Hay demasiada gente hablando de alas por aquí.

— ¿Qué quiere decir jefe?

—Nada. En una semana vamos a hacer una incursión al campamento Corpus Cristi; prepárense, parece que tendremos pelea.

Cinco días después, cuando ya se disponía a marchar sobre el campamento, uno de sus hombres le interrumpió en sus aposentos.

— ¡Señor! Hay una persona allá afuera que desea hablar con usted; dice que es muy urgente y que es sobre el prisionero que escapó.

—Demórate dos minutos y déjalo que pase.

Gibaros ocupó su puesto detrás de un inmenso escritorio de madera con las huellas de numerosas esquirlas sobre su superficie. Sacó de debajo del mismo una pesada escopeta de cañón recortado y la colocó en unas correas atadas bajo la superficie de cedro, que le permitían sujetar el arma por tiempo indefinido en dirección de quien se sentara frente a él. Al terminar de acomodarse, su soldado entró acompañado de un extraño que hacía que su subordinado pareciera un juguete. Se arrepintió de no tomar un arma de más poder, pero se resignó al momento y se dispuso a esperar. Llegaron frente a él y el visitante se sentó en el único asiento disponible, frente a Gibaros.

—Buenas, yo soy quien mató a todos esos hombres tuyos hace unos días y vengo a negociar en nombre de mi superior.

Sintió que sus músculos se tensaban y un cosquilleo le subió por el abdomen hasta el cuello.

— ¿Qué desea usted y su "superior"?

—Desea unir fuerzas para lograr un objetivo común —le respondió ignorando el sarcasmo—. Algo en lo que usted también está interesado.

— ¿Y cómo sabe que estoy interesado en lo mismo que él?

—Mató a sus mejores hombres para guardar el secreto de las plumas de ángel; creo que está bastante interesado.

Los dos siguieron estudiándose mutuamente por unos segundos. Gibaros decidió que posiblemente perdería si enfrentaba al emisario y de debajo del buró, sacó una botella de cristal tallado.

— ¿Desea un trago? Lo destilamos nosotros mismos.

—No, gracias. No quiero morir envenenado.

Gibaros fingió una sonrisa por la broma y se encogió de hombros con el vaso en la mano.

— ¿Cuál es su oferta y en qué consiste la colaboración?

—Usted está interesado en conseguir las plumas de los ángeles y nosotros sabemos cómo hacerlo. Ustedes nos ayudan a atraparlos y le regalaremos a uno de ellos para toda la eternidad.

— ¿Uno de tres? Perdone, pero eso no es justo. Además, ¿qué me impide ir y tomarlos todos para mí?

—En primer lugar son cinco y usted lo sabe bien y en segundo, solo nosotros sabemos cómo se atrapan vivos esos bichos. De lo contrario su pequeño ejército se verá muy disminuido, si no lo extinguen por completo. Bajo su belleza y esa frágil apariencia, un ángel puede llegar a tener una fuerza mortal muy importante si no se le debilita primero y cómo hacerlo solo lo sabemos nosotros.

El humano pareció reflexionar por unos momentos y luego desvió el motivo central de la conversación.

—Tengo curiosidad por saber algunas cosas —el demonio asintió con la cabeza para que continuara—. ¿Qué tan curativas son esas plumas, para qué quieren tantos sujetos y cómo diantres se supone que ustedes saben tanto sobre ellos?

Su invitado se puso de pie lentamente y el señor de la tierra apretó el arma bajo el buró. Se quitó la prenda de vestir superior, mostrando infinidad de cicatrices y, contrayendo toda su musculatura, hizo que de sus espaldas brotaran un par de excelentes alas de dos metros y medio cada una. El acto sorprendió realmente a Gibaros, quien estuvo cerca de disparar su arma. No tuvo temor, pero sí se sintió abrumado por lo inusual de la sorpresa. No se dijeron nada mientras sus bellas alas se movían suavemente hacia abajo y arriba, al ritmo de la respiración de su dueño. Poco a poco se fueron recogiendo hasta regresar por completo al interior de su cuerpo. Se volvió a sentar y se dirigió al humano con aire de superioridad.

— ¿Ya entiendes o tengo que explicarlo mejor?

—Está muy claro; ustedes son ángeles también y como son iguales saben cuáles son sus debilidades. Pero... ¿por qué son tus alas negras y las de ellos completamente blancas?

—Somos otro tipo de ángeles. Nuestras plumas son negras y vivimos aquí, en este asqueroso planeta —omitió descaradamente el motivo del oscurecimiento de sus alas, pero el resto era cierto, odiaba profundamente a los humanos y a su mundo.

—Entonces por qué no los atrapan ustedes mismos.

— ¡Porque somos iguales! —Galadiel comenzaba a irritarse con tantas preguntas— nos pueden sentir a kilómetros y si le damos tiempo a prepararse quizás no podamos coger ni a uno. ¿Está de acuerdo o no?

—O quizás mueran todos en el intento.

—Quizás. Son muy fuertes, aunque sean críos.

—Y con respecto a las otras preguntas...

—Son muy curativas y regenerativas, si quieres vivir para siempre solo tienes que inyectarte una cada cuatro o cinco meses, dependiendo de lo viejo o enfermo que estés. Y sobre la cantidad que queremos es nuestro maldito problema. Con uno te bastará a ti y a tu hija —diciendo eso cogió la maleta que traía consigo y la dejó caer sobre el buró, que crujió bajo el peso de los lingotes de oro—. El oro es para que puedan vivir en LA todo el tiempo que quieras sin preocuparte de los gastos al menos unos cien años.

— ¿Entonces es el oro, uno de los chicos y usted nos enseñará cómo atraparlos vivos?

— ¡Efectivamente! —dijo con alegría al darse cuenta que la reunión terminaba.

—Pues dígale a su superior que tenemos un trato; que venga a ponernos de acuerdo en los detalles.

—De acuerdo. Mañana a primera hora estaremos aquí, ¿alguna otra impertinente pregunta?

— ¿No podemos matarlos y desplumarlos?

Galadiel se sintió asqueado ante la sola idea de ver un ángel desplumado. Él era enemigo del cielo, pero eso sería incapaz de hacerlo; al fin de cuentas eran seres de su misma naturaleza, no como los humanos que se torturan entre ellos y se denigran. Un ángel podía ser asesinado y de hecho él mismo mató algunos; pero siempre fue en combate y dignamente, su muerte no podía ser mancillada por otra clase de naturaleza; incluso cuando lo hizo no sintió ningún placer, sino que su mente rozó algo muy parecido a la culpa. Era un desperdicio quitarle la vida a seres tan bellos y perfectos. En cambio matar humanos le reportaba un sádico gusto, como el que se siente al poner el pie sobre la cabeza de un oso baleado; lástima que no podía dejarse llevar por sus instintos y tenía que conformarse con infinitas jugarretas para provocar disturbios, peleas y guerras con su bien formada habilidad para engañar a las personas e incitarlas a hacer lo que deseaba, cosa que también disfrutaba, pero no tanto.

—Mejor que nadie esté a su alrededor si eso sucede. La conversión de la materia en energía pura sería suficiente para desaparecer todo el campo de refugiados en un segundo, ni siquiera te enterarías; pero tenemos la solución para eso. Durante milenios hemos aprendido que hay ciertas sustancias que debilitan tanto la fuerza de nuestros cuerpos, que podemos ser dominados con relativa facilidad, siempre que se nos suministre la sustancia cada cierto tiempo. Ustedes se podrán acercar y ponerles la droga en la comida. Después de unas horas podremos ir sin temor de ser descubiertos y tomaríamos el control de la situación; le damos su ángel con suficiente droga para el tiempo que necesite y nos llevamos el resto.

— ¿Así de simple?

—Así de simple. Le daré algunos datos extra por un asunto de confianza, no vaya a ser que en un futuro necesitemos de usted y tenga alguna queja para no hacerlo. Hay que drogarlo una vez a la semana o matará a todos, usted incluido; no se le pueden arrancar las plumas, deberá ser paciente y esperar que se caigan solas. Mientras esté drogado se le caerán más plumas y no podrá replegar sus alas, por lo que tienen que amarrárselas fuertemente; aunque estén débiles, sus alas son muy peligrosas. Hay que pegarles y herirlos todo el tiempo para que puedan ver a qué velocidad se cicatrizan las heridas; si se cierran en menos de cinco minutos, entonces hay que suministrarle más drogas.

Los dos se quedaron pensativos, pero en verdad estaban estudiando a su oponente y quizás próximo socio. Ambos sabían que una relación así tendría que ser de una sola vez; pues si se extendían mucho las cosas terminarían mal de una manera u otra. Gibaros estaba sorprendido por el mundo desconocido que se abría ante él y que había estado oculto a sus ojos. No sentía miedo, nunca lo sintió después de aquel ataque donde perdió a sus padres; pero era lo suficientemente inteligente para evitar una confrontación directa con esta cosa que tenía delante.

— ¿Quién asegura que después de entregarles a los ángeles, usted cumplirá su palabra y no nos matará a todos?

— ¿No le basta mi palabra, señor Gibaros?

—Según usted, mató a varios de mis hombres, ¿cómo puedo confiar?

—Creo que tiene razón. Entonces le confesaré otra de nuestras debilidades —se revolvió un poco incómodo en el asiento y prosiguió—. No podemos atacar directamente a nadie, a menos que ese alguien intente atacarnos. Por ejemplo, si usted hubiese decidido apretar el gatillo del arma que tenía bajo su buró, podría esquivar las balas y haber separado su cabeza del cuerpo en menos de un parpadeo.

— ¿Por qué, hay alguna ley divina que lo prohíba? —dijo sarcásticamente Gibaros, meditando si lo que le había dicho era solo un ejemplo casual o si era una amenaza proferida directamente contra él.

—No. Simplemente está grabada en nuestros genes, quizás por el inmenso amor que Dios puso en nuestra creación; la de nuestras razas, humanos y ángeles, pero ustedes degeneraron tanto que la mayoría pueden matar sin ningún problema. De nada sirvió que se les repitiera que matar era un pecado además de otras cosas, nunca hacen caso.

—Sin embargo ustedes han matado humanos y muchos según tengo entendido, aunque no soy un fanático de la historia y menos aún de dioses y ángeles, algo he escuchado sobre millares de humanos muertos a manos de ángeles.

El demonio se había aburrido grandemente y se puso de pie para marcharse. La conversación estaba divagando sin llegar a ningún lugar.

—Esas fueron circunstancias especiales y autorizadas por el creador. Hace falta una espada divina para eso. Ahora bien, ¿tenemos un trato o no? Necesito una respuesta ya.

Gibaros se levantó de su silla y le extendió la mano lentamente al demonio frente a él sobre el buró de cedro. Éste le devolvió el estrechón, feliz de haber terminado con el asunto, entonces le dijo antes de dar la vuelta y marcharse a toda prisa:

—Mañana regreso con el jefe y le damos las instrucciones.

—Ustedes no tienen una de esas espadas, ¿o sí?

—Solo las da el viejo cuando él lo decide —respondió mientras se iba.

Sembrando esperanza

En el campamento todo marchaba según lo habían planeado el grupo de los cinco ángeles jóvenes que llegaron materializados en adolescentes humanos que después de un corto tiempo ya estaban recogiendo la cosecha de personas agradecidas y temerosas de Dios que venían sembrando pacientemente. Todos hablaban de estos niños que los trataban con una especial dulzura y que les hablaban de los caminos olvidados que el creador les señalaba desde su palabra escrita. El llanto de sus ojos al perder a alguien o al ver la alegría de una madre cuando sanaban a sus hijos moribundos, estremecía al alma más endurecida por la guerra y la muerte. Muchos volvieron a rezar diariamente y a tomarse de las manos antes de alimentarse; muchos acudían un día a la semana para escuchar a uno de estos jóvenes, disfrazados para no levantar sospechas, pronunciar bellos y esperanzadores discursos. Cuando podían, le clavaban sus plumas caídas a pacientes especiales, sobre todo a niños o a padres de familias que dependían de ellos para vivir. Por desgracia las mujeres eran las sacrificadas en casos donde había que elegir, pues la guerra primero, la violencia luego y el reclutar por los bandidos para sus pandillas, cobraron muchas vidas masculinas y la proporción subió a uno por cada doce féminas.

El viejo responsable del campo, inexplicablemente recobró la salud y trabajaba por cuatro en la dirección del lugar, que veía cómo su pequeño huerto se expandía en todas direcciones y las personas volvían poco a poco a sonreír con un titilante brillo de esperanza en sus ojos. Casi nadie se extrañó que Robert Des desapareciera; solo el viejo lamentó su ausencia, pero con todo el trabajo que tenía pronto lo olvidó; de todas maneras, con los nuevos inquilinos no necesitaba de ayudantes.

Un ambiente de tranquilidad activa se experimentaba por primera vez después de la gran guerra y las personas que allí vivían, empujadas por esa fuerza innata de los seres humanos por sobrevivir, mejorar y seguir adelante, comenzaban a olvidar los malos tiempos y a soñar con otros mejores. Allí, como en otras veinte partes del mundo, florecía la humanidad de entre los escombros y lo que era más importante todavía, florecía la esperanza y aunque los grupos humanos estaban casi sin comunicación, la semilla ya se estaba plantando.

El hombre no necesita mucho para sobrevivir, pero precisa de algo que no le puede faltar para hacer con muy poco grandes cosas, la fe. Y no necesariamente la fe relativa a un ser divino, sino la fe en sí mismo, la fe en que se puede llegar cada día un poco más allá; la fe que dan la familia, los amigos, el amor y nos lleva a levantarnos cada día y trabajar hasta la noche por un futuro que sabemos que no vamos a ver, pero que otorgará a aquellos que siguen, la fuerza de la continuidad. Ese tipo de fe estaba creciendo contra viento y marea en veinte lugares del planeta. Lugares pequeños e insignificantes, pero que si se cuidaban bien, podrían convertirse en la cuna de la nueva humanidad, una humanidad mejor que la que casi se pierde.

En uno de esos lugares, cerca de la antigua metrópolis de Los Ángeles, se venía tejiendo una batalla que podría poner en peligro todo ese florecimiento humano como consecuencia de la ambición de un solo ser, y se ponía nuevamente de manifiesto la fragilidad del equilibrio natural de las cosas.

Ignorantes a toda la madeja de acontecimientos que se venía formando y especialmente a la alianza entre demonios y bandidos que se fraguaba a su alrededor, los cinco jóvenes ángeles se reunían con el anciano para programar el próximo paso a dar para expandir la ayuda a otros lugares.

—Creo que ya es hora de crecer en número y extendernos en otras direcciones, especialmente hacia la ciudad que está creciendo a pocos kilómetros de aquí —dijo Reilar al comenzar la reunión.

— ¿Ya estarán listos?

—Pienso que sí —le respondió a Feriles, el otro ángel "masculino"—, pero tenemos que someterlo a votación. Además, si algo sale mal siempre podemos posponerlo para luego.

—No tenemos mucho tiempo que perder —opinó Cornal, la más alta de todos y que lucía una larga y negra trenza.

—Entonces, ¿con cuántos podemos comenzar?

—Valiera, pienso que doce tendría un buen efecto en los escogidos. Estaba pensando en cuatro varones y ocho mujeres, entre los que estarán dos de nosotros. Los otros tres se quedarán aquí para seguir formando apóstoles y reforzando el prestigio del campo.

Chamira respondió:

—Quisiera ir yo, soy la mayor y puedo cuidar de Feriles.

— ¡No necesito que nadie me cuide, ya sé volar solo!

Todos rieron, incluyendo a Nicolás Reed. Después de varios chistes derivados de la situación, Reilar retomó la palabra.

—Escojamos entonces a las diez personas que creamos mejores para la misión. Recuerden que deben de ser solteros y sin hijos, así no tendrán que dejar a ningún ser querido atrás y dedicarse por completo al trabajo por lo menos unos cinco años, ¿de acuerdo?

Todos asintieron y escribieron una lista con los veinte nombres que a sus pareceres, reunían todas las cualidades para ser los mejores evangelistas y comenzar la primera de las olas que deberían ir creciendo con el tiempo, extendiendo a todo el mundo la nueva esperanza. Sabían que no iba a ser una sencilla tarea, pues tantas guerras, muerte y hambre, habían terminado por doblegar el alma de casi todos los sobrevivientes, ocupando el miedo y la desesperación el lugar de la fe.

También sabían que, desde su creación, los seres humanos tenían un espacio en su corazón para un deseo sempiterno compartido con los demás seres espirituales que habitaban el cielo y por el cual eran admirados por todos; el deseo de vivir. Sabían que, a pesar de sus defectos, los seres humanos eran criaturas muy fuertes y capaces, y entre ellos vivían muchos especialmente dotados para resistir pruebas realmente imposibles, siendo los más valientes los que tenían una misión que cumplir para con sus congéneres. Cuando creían en algo, aunque ese algo fuese equivocado, dejaban incluso la vida por defenderlo. Eran seres increíbles que ahora buscaban para poder llevarle esa fe al resto del mundo, tarea riesgosa y difícil sin duda alguna.

Se compararon las listas y se sacaron los diez nombres que más se repetían. Luego los citaron a una reunión en la carpa personal del anciano. Tenían una pluma para cada uno que con gran trabajo habían podido acumular en todo el tiempo que llevaban allí. Una vez sentados delante de los jóvenes, los ángeles se quitaron las prendas superiores y desplegaron sus magníficas alas en todo su esplendor y les explicaron a los estupefactos escogidos la razón por la que fueron llamados. Después de estar todos de acuerdo, los bautizaron en una bañera traída especialmente para la ocasión y se les clavó las plumas directamente en el corazón.

Las reacciones fueron un poco más violentas; pero al recuperarse, todos se sintieron como nuevos y llenos de fe. Una última y fervorosa oración fue hecha en voz alta por Reilar. Casi al terminarla se sorprendió invadido por una sensación muy conocida, pero que no experimentaba desde que descendió de los cielos con sus amigos. Sin dejar de hablar abrió los ojos y quedó sorprendido, entonces vio que sus cuatro iguales se habían percatado antes que él de la situación. Un fuego tenue y azulado bailaba suavemente sobre los diez misioneros que mantenían gacha la cabeza en señal de respeto durante la oración. El fuego desapareció y todos fueron abriendo los ojos poco a poco.

Los ángeles no les dijeron nada sobre el fuego a los escogidos, pero se sintieron emocionados al comprobar que Padre había derramado parte de su espíritu santo sobre ellos, en una clara señal de que estaba de su lado, aunque eso no les corroborara que serían perdonados y mucho menos autorizados por él a continuar con sus deseos. Estaban seguros de que una buena reprimenda les esperaba cuando regresaran a las alturas y quizás perderían privilegios de por vida, mas ahora no podían retractarse ni retroceder. Como habían acordado, Cornal y Chamira partirían con ellos a la mañana siguiente, no sin antes guardar en frascos de vidrio las abundantes lágrimas que brotaron de sus divinos ojos durante la despedida.

Momentos después los dejaron ir para que descansaran y se prepararan para la misión y quedaron ultimando los detalles de lo que harían en un futuro cercano. Pidieron que les sirvieran la bebida que degustaban dos veces a la semana durante estos cónclaves y se recostaron cómodamente mientras la degustaban.

—¿Están listos los libros?

—Dos para cada uno. Los del taller están haciendo un trabajo magnífico con las Biblias.

—Lástima que no podemos seguirle el ritmo a la cantidad de personas que las necesitan.

—Compartir un libro también ayuda. Eso crea un nexo entre ellos.

—¿Cómo vamos a entrarlos en la ciudad?

—Entrarlos es fácil, lo difícil va a ser mantenerlos protegidos una vez que estén dentro. Tendrán que vivir en los asentamientos para los trabajadores y fingir ser parte de ellos. Buscarles papeles, habitaciones, etc. Y todo eso sin levantar sospechas.

—¿Vieron el fuego sobre sus cabezas? Todo irá bien, estoy seguro— dijo Reilar.

Una cabeza de mujer sudada y feliz apareció por la abertura principal de la tienda.

—El agua caliente ya está lista, chicos.

—Tomemos un baño y luego seguimos conversando.

Todos aceptaron la idea alegremente, bajo la influencia de la agradable imagen de la tina de agua y posterior bebida energizarte y cálida.

La caza

Casi todo el ejército de Gibaros se encontraba en la instalación esperando la llegada de los demonios, aunque les dieron órdenes de permanecer ocultos a la gran mayoría. El jefe no quería demostrar que temía un ataque repentino de ellos, aunque la entrevista previa le convenció de que realmente se trataba de un pacto y no de una jugarreta para eliminarlo debido a la competencia.

Justo despuntaba el sol atravesando una turbia cortina de polvo atmosférico que se acrecentó, debido a una pequeña tormenta cercana, al este de donde estaban. Enseguida llegó la noticia de que dos sujetos se acercaban al lugar cargando una bolsa. Al llegar se dejaron revisar sin problemas por los hombres de la entrada y se introdujeron en el escondite como si toda la vida hubiesen vivido allí. Caminaron hasta llegar frente al mafioso que los esperaba de pie detrás del buró.

—Bienvenidos. Tomen asiento, por favor.

No se estrecharon las manos y Galadiel permaneció de pie un poco a la derecha de Gabriel y atrás de este. Por otra parte, su jefe se sentó con inusual familiaridad, cosa que no le gustó mucho al señor de la tierra.

—Su hombre...

—No es un hombre —le interrumpió Gabriel descortésmente—, es un ángel... o como ustedes nos conocen, un demonio.

Paco Gibaros aguantó el insulto sin inmutarse; con un solo movimiento de su mano, una lluvia de plomo caería sobre sus invitados en un segundo. Demonios o no, no parecían ser a prueba de balas. Carraspeó su garganta y continuó sin darle aparente importancia a la intervención.

—Su demonio...

—Tampoco es mío —volvió a interrumpir—, tiene libre albedrío, igual que ustedes. Puede ir y venir a donde le plazca, si se mantiene a mi lado es porque somos como hermanos.

Un silencio se entabló entre los tres seres que se miraban sin pestañear. Era solo un juego para medir el carácter y el temple de los involucrados, pero que al humano no le agradó mucho.

— ¿Qué oferta nos traen a cambio de nuestra ayuda?

— ¡Así me gusta, directo y claro! —dijo Gabriel abriendo los brazos y mirando a su amigo brevemente—. Nos vamos a llevar bien.

Sin pararse agarró la bolsa que llevaba consigo y la dejó caer encima del buró, que crujió bajo el peso del contenido. Gibaros demoró un poco en abrirla, dándose un poco de importancia. Luego se reclinó sobre el bulto y desató una cuerda que lo cerraba. Un resplandor amarillento brotaba de su interior y se reflejaba en los ojos del hombre, quien no pudo evitar la reacción de sorpresa en su rostro.

—Solo necesitamos que el día determinado, ponga el contenido de un frasco en la bebida de los ángeles y los encadene después que se desmayen. El resto lo haremos nosotros. Vamos a demorar unos minutos en llegar y tomaremos el control desde allí en lo adelante. Usted se lleva su premio y todo ese oro, aunque a decir verdad, me gustaría quedarme con los cinco muchachos. Le puedo dar un poco más de eso si se convence de entregármelos todos —dijo señalando la bolsa con un gesto de sus labios.

—Lo que más deseo y la causa de que haya accedido a realizar este pacto no se puede comprar con todo el oro del mundo.

—Sí, lo sé. Una hija es algo sin precio. Créame que si mis plumas aún conservaran sus cualidades curativas yo mismo le daría unas cuantas; pero no vivimos en un mundo perfecto, ¿o sí?

— ¿Qué hay que echarles en la comida a esos ángeles?

—¡Ésto! —exclamó sacando de entre sus ropas una botella con un líquido transparente.

Gibaros fulminó con la mirada a los hombres encargados de revisarlos, que permanecían de pie junto a las puertas.

— ¿Y eso qué es, exactamente?

— ¡No lo sé, de verdad! Hace milenios que lo usamos como un sucedáneo de lo que para ustedes es droga recreativa; ni siquiera le hemos puesto nombre, solo le decimos "eso"

— ¿Qué cantidad de "eso" tenemos que poner en la comida?

—Tres o cuatro gotas para cada uno, aunque si se pasan no pasará nada, solo dormirán más tiempo y si es en vino mucho mejor, pues no sabe absolutamente a nada. Para nosotros no es mortal por mucho que tomemos, aunque sí nos deja fuera de servicio. ¡Ja, Ja, Ja!

— ¿Y para nosotros?

—Con una sola gota es muy posible que mueran en una o dos horas. Sus organismos no reaccionan igual.

—Entonces es posible que mueran personas.

—Bajas colaterales, como le llaman ustedes, aunque en realidad el concepto fue creado por un amigo mío aquí presente. Ese mismo día le daré suficiente de "eso", para que mantenga bajo control a su angelito. Ya le explicaron sobre la cicatrización y el tiempo que debe demorar, así que no queda mucho que explicar. Es como tener una mascota, una mascota mágica. Lo más importante es mantener sus alas amarradas con algo muy fuerte, aunque si se le olvida drogarlo, no habrá nada que las contenga, ¿entiende? Y mantenerlo vivo a toda costa, no deseará estar cerca si se muere.

— ¿Cuándo será?

—Eso lo decide usted, pero que sea lo más rápido posible, tengo otros asuntos que atender. ¡Ha, se me olvidaban dos cosas! Si consigue hacer que derrame sus lágrimas, cosa que dudo, trate de recolectarlas; son mucho más potentes que sus plumas, y por más que sean tentadoras jamás, bajo ningún concepto, trate de apoderarse de las plumas doradas. Tienen una en cada ala, pero si las tocan morirán al instante. Todos esos consejos son gratis, amigo mío; espero que sepa hacer buen uso de ellos.

Se puso de pie con una sonrisa fingida en el rostro, dando a entender que la reunión había terminado. Se dio la vuelta y se marchó con la misma actitud prepotente con la que llegó.

— ¿Cómo le hago saber el día que lo haremos?

—Dejaré uno de mis hombres con ustedes; es humano, así que no se preocupen —respondió Gabriel sin voltearse ni detenerse.

Se alejaron por la misma calle por la que vinieron hasta que se perdieron entre las ruinas. Gibaros quedó contemplando la bolsa de oro en barras con una antigua inscripción federal en su superficie. Calculó mentalmente la cantidad que pagaría por la operación a sus hombres y lo que quedaría después y le gustó el resultado. Por fin podría tener acceso completo a la ciudad amurallada y estar con su hija todo el tiempo para cuidar de ella. Tenía poco tiempo para preparar las condiciones y el lugar donde se quedaría el ángel, así que tendría que comenzar ya.

—Reúne a nuestros mejores cincuenta hombres —le ordenó a su ayudante—, nos vamos de caza.

En ese momento entraba una figura por la puerta, cojeando y encorvado.

—¿Tú quién eres?

—El recadero.

Gibaros apenas reconoció el rostro malherido de Des.

Los tres señores de la tierra que dominaban el área de la antigua California tenían en realidad otros señores a los que respondían, quienes vivían en el interior de la muralla, rodeados de lujo y dinero y que eran los verdaderos dueños de la tierra que dominaban. Con ese oro y el que había logrado acumular, Gibaros planeaba dejar de una vez esa vida de basura e integrarse a la élite destinada a dominar el nuevo mundo. Si no se subía ahora al carro de los vencedores era posible que nunca más pudiese hacerlo. Por el momento, era capaz de mantener a su hija en la ciudad con la venia de su señor, quien la cuidaba como si fuera de su propia familia a cambio de la lealtad sin límites de Gibaros.

Cinco años atrás comenzó un drama para el cual todo el oro del mundo no podría comprarle un final feliz; su hija enfermó y desde entonces solo había empeorado a pesar de recibir la mejor atención posible. Todo apuntaba a una enfermedad degenerativa del sistema inmunológico, sin poder precisar exactamente cuál era debido a la poca tecnología que se tenía. Aunque parezca contradictorio, al comenzar prácticamente desde cero una nueva civilización, la humanidad se centraba en lo más importante y vital para todos, la comida y el dominio, y dejaban más a la suerte cosas como la salud. Así que la tecnología existente se puso al servicio del poder y no se esforzaron mucho por alargar la vida de las personas. La raza humana había involucionado y con ella sus prioridades.

Con la esperanza perdida y con la determinación de dejar de existir el mismo día que su hija muriera, Gibaros se conformó con darle a su pequeña todas las comodidades de las que podía disponer hasta el fatídico día de su partida; pero todo cambió con la noticia de una fuente eterna de salud y juventud. Noticia que recibió con escepticismo, pero que fue ganando en claridad a medida que se confirmaba la veracidad de los hechos. Ahora que recibía la ayuda de estos extraños e increíbles seres, no podía dejar pasar la oportunidad de curarla y de paso ser un hombre rico. Se planeó todo meticulosamente; se compró la fidelidad de tres hombres de confianza dentro del campo de refugiados. Se logró incluso que dos de sus hombres de más confianza trabajaran directamente en la cocina. Estudiaron las costumbres de los cinco ángeles hasta tener la certeza del lugar y momento exacto en que se daría el golpe y procedieron a hacerlo. Enviaron a Des, bastante recuperado, con la hora precisa en que debía de ocurrir el suceso y comenzó la cuenta regresiva. Planearlo demoró todo un mes, durante el cual, Gibaros "compró" su libertad y la de su hija. Adquirió un sombrío, pero cómodo lugar en el interior de la ciudad y fijó allí su residencia. No obstante, preparó un lugar muy protegido y secreto donde albergar al ángel que mantendría cautivo en las afueras de la ciudad, en un antiguo barrio periférico habitado antes de la guerra por gente rica y donde encontró un búnker anti nuclear construido por un excéntrico conspiracionista que al fin tubo razón con respecto a la guerra nuclear, pero quiso la suerte que le sorprendiera el primer ataque en Hawái, sin darle tiempo ni a él ni a su familia a regresar al refugio a tiempo. Allí estaría su hija recuperándose en secreto, rodeada solo de cien hombres escogidos y que no saldrían del lugar solo hasta cuando estuviese curada. Entonces irían a vivir en el interior de la ciudad con todos los lujos y tratos que el oro pudiese comprar. Una vez ultimados los detalles, se concentró en los pasos finales de la operación para capturar a esos ángeles jóvenes.

Cada miércoles y domingo por la noche, después que el campamento quedaba en completo silencio, los jóvenes ángeles se bañaban en sendas tinas de agua caliente y se vestían con sus blancas ropas. Luego se reunían en la carpa personal del viejo y junto con él debatían las acciones a tomar y las cosas que debían de hacer para el mejor funcionamiento del lugar y de su misión. Durante dicha reunión tomaban una mezcla de miel caliente, hierbas aromáticas y vino que a los jóvenes parecía agradarles mucho, siendo el único líquido que tomaban aparte de agua.

La noche que eligieron para el asalto y aprensión de los seres celestiales parecía ser una especial, pues antes de la reunión se dieron cita en la carpa con varios hombres comunes del campo, al parecer para encargarles una misión o algo así. Después se bañaron y se encerraron como era su costumbre y hablaron animadamente hasta que se sirvió la bebida.

Un sueño profundo dominó a los jóvenes antes de terminar sus tarros de infusión, algunos hicieron el intento de ponerse de pie, pero la inusual sensación terminó por vencerlos antes de que se dieran cuenta que habían sido drogados. El viejo Nicolás Reed cerró los ojos al darse el segundo trago y luego murió de un paro del corazón estando dormido. El resto pensó que dormía dominado por la bebida y el cansancio. Los jóvenes quedaron donde estaban; sus alas se fueron desplegando poco a poco, rompiendo fácilmente la fina tela que les cubría. Ni siquiera sintieron cuando una docena de hombres armados y con guantes de cuero gruesos irrumpieron en el campamento provocando el caos y les ataban las alas con fuertes tiras de carbono y cadenas de acero. También les encadenaron de pies y manos con grilletes que soldaron para que nada ni nadie pudiese abrirlos. Al terminar con la operación, Gibaros en persona dispuso que se llevaran a uno de los ángeles a toda prisa a un lugar previamente escogido y en secreto. A los pocos minutos de haber salido diez de sus hombres de confianza con la valiosa carga, llegaron los demonios. Eran solo cuatro, Galadiel y otros tres, todos altos, fuertes y de aspecto intimidante. Galadiel echó una mirada al rededor sin saludar y fijó su vista en Gibaros.

— ¡Aquí solo hay cuatro!

—Ya tomé el mío, como habíamos acordado.

—Habíamos acordado que nosotros escogeríamos el tuyo.

—Parece que lo interpreté mal, quizás un problema de semántica —respondió Gibaros fingiendo meditar sobre el asunto, pero sin tratar de ocultar su jugada.

El demonio se quedó mirándolo con una sonrisa a medias dibujada en el rostro, que raramente parecía ser una amenaza.

—Eso es imposible.

— ¿Por qué? ¿Tus hombres apostados alrededor del campo lo hubiesen visto?

El rostro del demonio no cambió su expresión ni un ápice; pero en su interior se sentía ofendido por ser menos listo que un humano.

—Sé que no planeaban dejarnos vivos, así que tomé mis propias medidas.

En ese momento se desató un tiroteo proveniente del exterior que puso en alerta a los hombres de Gibaros que permanecían adentro. Los tres demonios que acompañaban a Galadiel desplegaron sus negras alas y se cubrieron con ellas al mismo tiempo que asumían posiciones de defensa alrededor de su jefe.

—No es necesario —dijo Gibaros— mis hombres tienen órdenes estrictas de no agredirlos pase lo que pase —dio unos pasos hasta que su rostro quedó a pocas pulgadas de la cara del demonio—. Así no podrán rebanarnos, ¿cierto?

—¡Muy bien, listillo! Si cometes el error de dejar escapar con vida a tu ángel será tu fin y posiblemente el nuestro, así que ten mucho cuidado con lo que haces. ¡Tomen a nuestros hermanos celestiales y vámonos! Hemos terminado aquí... por ahora.

Cada uno de los demonios cargó fácilmente un ángel. Galadiel se encargó del cuarto y desaparecieron por la entrada trasera de la tienda, haciendo un escudo en forma de sombrilla con sus alas, protegiéndose de las balas y cuidando su preciosa carga. A los pocos segundos se intensificó el combate, llenando de agujeros la carpa donde quedaron Gibaros y sus hombres e incendiándose en algunos lugares. El jefe sacó un fusil automático que llevaba a la espalda y se dirigió a todos.

—Que cada cual luche por su vida. Nos vemos en el cuartel general los que podamos salir de este infierno; el que lo logre recibirá la paga de los que mueran. ¡Adelante!

Media hora duró la lucha contra los hombres al servicio de los demonios. Cuando Gibaros se encontraba a punto de rebasar la zona de peligro, una ardentía tan inesperada como intensa en su espalda le hizo caer de bruces por la ladera de una elevación. Antes de llegar al fondo perdió el conocimiento y lo recuperó dos días después en el cuartel general. Lo primero que vio fueron los ojos tristes y amarillentos de su hija, que le miraban llenos de lágrimas al borde del precipicio de sus párpados. Los otrora hermosos y encantadores ojos grises no pudieron contener el llanto en cuanto vieron que su padre se despertaba.

— ¡Papá, estás vivo! —gritó y le abrazó todo lo fuerte que la condición de ambos permitía.

Enseguida el padre cayó en la realidad de la situación en que estaba y buscó a su alrededor a alguno de sus hombres. Encontró a su más leal seguidor, quien le había salvado de quedar abandonado allá, en territorio de nadie. Por encima de la cabeza de su hija le preguntó moviendo los labios por el ángel, pero sin emitir ningún sonido. El hombre le respondió con un gesto que todo estaba bien y respiró profundamente aliviado. La hija se despegó un poco y sin dejar de llorar habló con él.

—Dice el doctor que no podrás volver a caminar, que tienes la espalda rota en cien pedazos.

—El doctor no sabe de lo que habla. ¿Cuánto tiempo llevo aquí?

—Dos días, papá; pensé que te perdía —y volvió a abrazarlo renovando su llanto con más fuerza.

Así permanecieron un tiempo. Luego pudo convencerla de que los dejara solos con la promesa de reunirse con ella enseguida. La joven accedió de mala gana y los dos hombres comenzaron a hablar.

— ¿Quién me trajo hasta aquí?

—Yo, señor. Quedó herido y perdió el conocimiento. La herida es muy fea, señor; va a tomar varios meses solo para sentarse.

Una mueca en la cara de Gibaros expresaba su malestar con las nuevas noticias. Un dolor enorme le impedía incluso respirar bien.

—Dime sobre el ángel, ¿han tenido algún problema con él?

—No, señor. Hemos hecho todo tal y como usted nos dijo; el único problema es su fuerza. Ha roto tres veces las cadenas y tuvimos que inyectarle más droga de la que indicó.

—Para cuánto tiempo tenemos drogas.

—A ese ritmo para unos seis meses. Señor... tenemos dos plumas.

— ¿Cómo... dónde?

—Aquí están, señor —dijo y sacó la reluciente pluma que traía envuelta en una tela gruesa de color negro.

Gibaros se encontraba entre dos aguas. Por un lado su hija enferma necesitaba curarse cuanto antes, porque no sabía lo avanzado de su enfermedad y en cualquier momento podría manifestarse una crisis. Y por otro lado estaba su propia salud; sabía que aún tenía gente leal, pero si permanecía en cama no tardarían en ir por él para obligarlo a entregar el dinero.

— ¿La gente recibió su paga?

—No señor; solo usted sabe dónde está el oro y los hombres se están desesperando. Cuesta trabajo mantenerlos a raya por más tiempo.

—Muy bien. ¡Clávame la dichosa pluma en la pierna! ¡Ahora!

El soldado obedeció sin pensarlo mucho y se alejó de su jefe al verlo convulsionar y desmayarse. Después del susto inicial, se aproximó cautelosamente hasta llegar a su lado. La respiración indicaba que no estaba muerto, pero demoró bastante en abrir los ojos. Cuando lo hizo, el dolor había desaparecido casi por completo. Gibaros decidió arriesgar la vida de su hija porque sin él al mando, lo más seguro era que ella tampoco sobreviviera mucho tiempo, ya que sus propios hombres o sus enemigos tomarían el control del ángel y no le darían la más mínima oportunidad; por lo que se decidió a todo o nada. Con mucho trabajo trató de incorporarse, por lo que su guardia le ayudó.

— ¡El médico dijo que...!

— ¡Al diablo con el médico!

Gibaros se percató que al decir esa palabra tomaba para él un nuevo significado. Inconscientemente decidió no decirla más. Se sentó respirando fuerte y sonriendo.

—Trae un sillón con ruedas y llama a mi hija.

La joven volvió a llorar de alegría al ver a su padre sentado en contra de todo pronóstico. Se sentó en sus rodillas a petición de él y aún abrazada y sin mirarle a los ojos le dijo:

—Papá, ¿es verdad que te hirieron porque estabas buscando una cura para mí?

— ¿Dónde escuchaste semejante tontería? Me hirieron porque sabes lo que tu padre hace para vivir. Trabajo con gente mala y eso son gajes del oficio, ¿entiendes?

La joven asintió, asiéndose más fuerte al cuello robusto de su padre.

—Pero además, creo que sí conseguí una cura para tu enfermedad y en menos de un mes comienzas el tratamiento si todo sale bien.

— ¿Verdad papá? —Esta vez se separó un poco para poder mirarlo a los ojos y al ver en ellos que no mentía, le besó en todo el rostro—. Pero dime que dejarás esta vida y nos iremos juntos muy lejos, ¡dímelo, dímelo!

— ¡Claro que sí, mi pequeña; claro que sí! Ahora necesito que vayas a descansar, tengo que hacer algunas cosas.

— ¡Pero papá! Dice el médico...

— ¿No me ves mejor, eh?

—Sí, pero...

—Pero nada; ese médico es un tonto. Ahora haz lo que te digo.

La muchacha puso cara de decepción y obedeció a su padre como de costumbre, despidiéndose con otro beso en la frente y haciendo muecas con la nariz, en señal de inconformidad con su orden. Inmediatamente que salió, Gibaros ordenó que le llevaran donde sus hombres. Su mano derecha le llevó a través de algunos túneles hasta llegar a lo que había sido un parqueo subterráneo de autos, donde esperaban unos sesenta de sus soldados que habían acudido tras la noticia de su despertar. Llevaban dos días dando vueltas en el interior de aquella vieja mansión con poca comida y sin ver el oro. Gibaros no solo infundía miedo en sus subordinados, sino que también inspiraba respeto, ganado a base de coraje y cumpliendo lo que prometía al pie de la letra. Solo por eso no se habían sublevado, preferían esperar por la promesa de su jefe que aniquilarlo y buscar el oro por su cuenta.

Al penetrar en el lugar, un murmullo de aprobación se elevó por encima de las conversaciones y apuestas que hacían entre ellos para pasar el tiempo.

— ¡Escuchen todos! Mañana se pagará el triple de lo acordado a cada uno de ustedes.

Un grito de júbilo estremeció el lugar y entre tanta algarabía nadie pudo escuchar al jefe decirle a su ayudante:

—Llévame rápido de vuelta que me voy a desmayar. Necesito descansar un poco.

La otra caza

¿Qué te pareció el humano? —le preguntó Gabriel a Galadiel mientras se alejaban del lugar escogido para la reunión de negocios.

—Interesante sin duda alguna; parece que no se impresionó mucho, ni siquiera preguntó qué éramos, como suelen hacer todos cuando ven nuestras alas.

—Quizás sea un poco más inteligente que la mayoría o tal vez ya sabría de nuestra existencia. Lo cierto es que tiene algo que no me gusta... una determinación en su mirada o un deseo muy arraigado en su alma; algo carcome a ese hombre y le hace peligroso. Lo raro es que no supe lo que era; de todos modos tengamos cuidado con él.

—Eso quiere decir que cuando deje de ser útil debemos de desecharlo, ¿no?

—Exactamente mi querido Galadiel; hemos llegado hasta aquí por la sencilla razón que no dejamos cabos sueltos.

Se sintieron seguros después de varios metros y plegaron sus alas. Doblaron en la esquina donde una construcción todavía conservaba un cartel colgando de una estructura metálica oxidada, donde se podía divisar una letra "M" gigante medio caída.

— ¿Quieres que te diga algo gracioso? —Dijo Galadiel y se respondió a sí mismo, como si la pregunta fuese un pensamiento sacado de los más oscuros pasillos de su alma—. Extraño el sabor de esas hamburguesas.

—Ni que lo digas —contestó Gabriel con verdadera melancolía y entraron en un auto blindado que esperaba por ellos en la calle.

Zigzaguearon un poco durante veinte minutos para asegurarse de que no les seguían y enfilaron hacia el cuartel general, un poco más al norte, casi al borde de la muralla gris, como le decían a la levantada para aislar la ciudad nueva y floreciente de la chusma pobre. Era curioso que del otro lado, la misma construcción recibiera un nombre distinto, pues le llamaban la muralla blanca, haciendo referencia al color que exhibía a los habitantes de adentro.

Para entrar en ella se precisaba de un permiso especial de trabajo o la autorización de uno o varios del "consejo", una gobernación especial que, según ellos, era la base de una nueva dirección social para no caer en los mismos errores del pasado. En apariencia parecía ser un grupo de hombres y mujeres justos, que pretendían hacer lo mejor para la nueva sociedad que se fraguaba dentro de esa barrera de restos de la antigua civilización que había sucumbido a su propia ambición. En realidad nada era tan diferente, porque el plan trazado al principio de usar las riquezas individuales de los habitantes de la ciudad en porcientos equitativos para su desarrollo y lograr así la rehabilitación de nuevos asentamientos que crecerían poco a poco hasta formar un gran país, se vio frustrado por otros planes, dirigidos más bien al acomodo de los que ya vivían allí y a su enriquecimiento. Se les pagaba a los trabajadores y se les mandaba fuera, mostrándoles el paraíso solo cuando construían más y mejores lugares para sus empleadores.

Ahora la ciudad se estaba expandiendo hacia el suroeste, o más bien limpiándose, pues estaba casi intacta y solo los escombros y el abandono hacían la diferencia con la antigua metrópolis, pero esta expansión en específico no para albergar más personas, sino para construir el primer club de golf y un lago artificial para el recreo, pues sin esas cosas básicas de la vida no se puede pensar en un futuro beneficioso para todos. Era solo un paso para lograr el equilibrio entre los ricos y los pobres, solo que iba a tomar un poco más de tiempo de lo pensado inicialmente.

Gabriel ya había mandado a uno de sus hombres con una barra de oro al interior de la muralla, con la misión de conseguir una audiencia con alguien del consejo, cosa que logró fácilmente. No es que tuviese temor de ir personalmente, pero los años habían desarrollado en él un gusto por el drama teatral un poco raro. Planeaba las cosas con lujos de detalles y hasta con actores de más, para crear tal o más cuál efecto con el objeto de influir en cierta opinión. Su amigo lo notó en varias ocasiones y al preguntarle sobre su actitud, le respondió muy serio:

"Después de tantos siglos estoy aprendiendo de política y es increíble, los humanos han aprendido a manipular a los demás tan bien como nosotros mismos y encima de eso, logran que los sigan y los adoren"

A los pocos días regresó el recadero con una nota de uno de los concejales, invitándolo al concilio mensual el próximo viernes, pues se estableció desde el principio las reglas generales del funcionamiento del consejo y éstas especificaban los días de la semana en que se tomaban decisiones sobre cualquiera de los temas o problemas que tenían.

El viernes puntualmente se presentó Gabriel con la invitación en la única puerta de la ciudad, tras lo cual le condujeron a un edificio que solo conservaba del pasado doloroso las paredes despintadas y la piscina vacía a su alrededor. Los cristales, sustituidos por planchas de zinc, le daban un aspecto de lugar fortificado y los hombres bien armados alrededor lo confirmaban. Entró en el recinto y, como era natural desde hacía varios años, en lugar de ascender, descendió hasta lo más profundo de los cimientos de la construcción. Resulta que la ahora sede de las reuniones que decidían el posible futuro de la civilización se efectuaba en los sótanos y no en los Pent-houses, para evitar que un sorpresivo cambio en el clima arrojase una tormenta sobre ellos o que una nube radioactiva se cruce en el camino, o simplemente, porque después de tanto tiempo sobreviviendo bajo tierra, se había despertado en todos el primitivo gusto de nuestros antepasados por las cuevas. Quizás el olor a humedad y a tierra fresca impresa en los genes salía a flote después de miles de años, la realidad era que muy pocas personas se paseaban por la superficie a no ser que estuviesen trabajando, cosa mucho más común en los pobres que en los que vivían en la nueva ciudad, quienes preferían salir solo en la mañana y al ponerse el sol, que ya se filtraba con fuerza a través de la fina capa de polvo atmosférico que se mantenía flotando persistentemente alrededor de todo el planeta, aunque en los últimos años había disminuido perceptiblemente.

Gabriel llegó por fin a la sala donde le esperaba un grupo de doce personas bien vestidas, que se daban evidentemente aires de superioridad y que no se tomaron la molestia de ponerse de pie para darle la bienvenida. Solamente lo miraban de arriba a abajo con un deje de desprecio en las miradas mientras lo estudiaban minuciosamente, llegando la mayoría a pensar en votar en contra sin haber escuchado primero al enorme, fuerte y desaliñado sujeto que entraba.

—Seamos directos, pues tememos muchos asuntos que atender después de la reunión que nos ocupa —dijo el que parecía ser el líder, sin presentarse ni presentar a sus colegas, quienes parecían tener las mismas ganas de terminar con la reunión que su jefe—. Tememos entendido que usted desea ser parte de nuestra comunidad para contribuir al surgimiento de la nueva capital del país, ¿estoy en lo correcto?

—No, no del todo.

El líder levantó sus ojos de unos papeles que mantenía frente a él desde que empezó a hablar y, como si mirara a una araña de doce patas y color naranja, frunció el ceño. Los otros once también dirigieron sus despreocupadas miradas hacia el sujeto, en espera de algo congruente que justificara la falta de respeto.

—No deseo formar "parte" de la nueva sociedad, voy desde hoy mismo a formar parte de su directiva, aquí presente.

Algunos se miraron incrédulos, otros se sonrieron y otros se ofendieron.

— ¿Y qué le hace pensar a usted que algún miembro del consejo piensa retirarse o cederle su lugar? Porque permítame decirle que todos los puestos están ocupados.

—Tres toneladas de oro, mañana, en la puerta del edificio.

Inmediatamente todos cambiaron de aptitud y se concentraron en la figura del extraño. Tres toneladas de oro significarían un aumento del 50% de sus reservas, pues todo lo que tenían eran seis.

—Eso está muy bien, pero recuerde que...

— ¡Mañana vendré con el oro! O aumentan su consejo a trece o quitan a uno de ustedes, me da igual.

Dio la media vuelta y salió caminando con la misma tranquilidad con la que había entrado, cerró la puerta y no pudo escuchar el murmullo de protesta que dejaron sus palabras en aquel lugar. En la mañana se presentó al frente de tres automóviles que, por la deformación de sus llantas, se podía adivinar que cargaban un gran peso. Se dispuso a bajar nuevamente al sótano, pero ya lo esperaban en el recibidor formando un abanico.

—Veo que hoy son once, por lo que asumo que aceptaron mi oferta. Pueden ver el cargamento y pesarlo ustedes mismos, ya confío en mis nuevos colegas. Los hombres a bordo de los vehículos depositaran el oro donde ustedes les indiquen; mientras tanto, necesito que alguien me explique a grandes rasgos las cosas que hay que hacer para dirigir este consejo, aunque les advierto que ya tengo bastante experiencia en estas cosas.

— ¿Dirigir? —Preguntó el mismo que el día anterior presidía el consejo en el sótano—. Yo soy el presidente del consejo y seguirá siendo así mientras la mayoría no digan lo contrario.

—Pues bien —alzó la voz para dirigirse a todos los presentes—, los que estén de acuerdo en que yo sea el nuevo presidente que alcen la mano. Si veo siete manos abajo, cojo mi generoso aporte a la civilización y me voy por donde mismo vine; en cambio le daré a todo aquel que me apoye un octavo de tonelada de oro sin impuestos.

El único que dejó su mano abajo fue el presidente, quien miró incrédulo a sus colegas que evitaban mirarle de vuelta, sosteniendo los brazos bien arriba.

— ¡Pero eso no está bien, ni siquiera sabemos quién es usted!

—Lo primero es lo primero amigos y colegas, ¿ya tienen una constitución? —preguntó Gabriel a los demás, ignorando a propósito la rabieta del ex presidente, que se enfurecía cada vez más, ante el desprecio del nuevo miembro.

Todos se miraron extrañados de tan inesperada pregunta y fueron negando con la cabeza o con tímidos noes. A las espaldas del diablo, el depuesto hombre enfurecido y rojo de rabia, se abalanzó hacia él con un arma cortante en la mano. Con un rápido e imperceptible movimiento, Gabriel le atravesó con su mano abierta por el mismo centro del pecho, escuchándose solo el roce de sus ropas al moverse. El hombre falleció al instante, desangrándose rápidamente en el limpio piso del lugar. Se volvió hacia los espantados miembros del consejo y les dijo tranquilamente:

—Creo que deben de llamar al miembro de destituyeron ayer. Hay nuevamente un puesto en el consejo y no debemos dejarlo libre mucho tiempo, pues hay muchas medidas que tenemos que aprobar, entre ellas una constitución. ¿Cómo no se les había ocurrido antes? No se puede crear una nación sin una constitución escrita y de dominio público, ¿o es que no somos personas civilizadas? Organicen una reunión para mañana a primera hora aquí mismo, pero en uno de los pisos del edificio, estoy cansado de estar bajo tierra.

Se volvió sin esperar respuesta y salió por la puerta que permaneció cerrada todo el tiempo, al pasar por el lado de un sesto metálico para la basura, dejó caer en su interior el corazón todavía caliente del difunto.

Todo se había dicho con la menor cantidad de palabras posibles. El extraño se convirtió en el nuevo líder del consejo sin que nadie supiera ni siquiera su nombre. Dictaron una constitución en apariencia perfecta, pues la experiencia de Gabriel en los asuntos de los hombres, adquirida tras tantos siglos entre ellos, le sirvió para que todos quedaran contentos y aclamaran a su nuevo jefe como el guía espiritual y material de la nueva ciudad. Todo el oro celosamente guardado por los ciudadanos estaba a su disposición, por lo que ahora era mucho más rico que cuando llegó, además de crecer su nombre e influencia en todos los asuntos a una velocidad mayor al desarrollo de la ciudad.

A los quince días de irrumpir en la política, recibió el mensaje de Gibaros con el día exacto en que darían caza a los ángeles de Corpus Cristi. Él y sus demonios esperaron a una distancia prudencial para no ser percibidos por los ángeles. Sus hombres le informaron que el movimiento de Gibaros se había adelantado varias horas, por lo que decidieron ignorar el plan y avanzar sobre el campamento. Galadiel y otros tres demonios entraron en la carpa principal y Gabriel quedó afuera, dirigiendo el combate que estaba a punto de iniciarse. Al llegar se encontraron con la sorpresa de que faltaba uno de los ángeles.

Cautiverio.

Los cuatro ángeles despertaron desconcertados y adoloridos. Fuertes cadenas les apretaban las manos y los pies, manteniéndoles en posiciones sumamente incómodas. A pesar de la confusión de sus sentidos trataron con todas sus fuerzas de desatar sus alas, amarradas con durísimas cintas de carbono. No lograban entender qué les había sucedido, cuando una puerta en el oscuro cuarto donde se encontraban se abrió y vieron espantados la silueta de un ángel mayor, con las alas desplegadas y completamente negras. Al adaptarse los ojos a la nueva fuente de claridad que entraba por la puerta, pudieron divisar que se trataba de Gabriel. Entró al lugar y detrás de él también lo hicieron tres humanos fuertemente armados con fusiles automáticos, quienes se posicionaron pegados a la pared más alejada de ellos y les apuntaron con las armas después de rastrillarlas, en clara señal de que estaban dispuestos a usarlas en cualquier momento. Las balas no podían matarlos, pero en suficiente cantidad los debilitarían lo justo para cortarles la cabeza sin resistencia y con las alas inutilizadas estaban a su merced por completo.

—Bienvenidos a su nuevo hogar, hermanitos míos. Veo que están un poco sorprendidos por la disminución de sus fuerzas. Les diré que es producto de una droga... ¿Cómo le dicen los humanos...? ¡Recreativa, eso es! Me encantan los nombres que usan para suavizar lo mal hecho.

Al no encontrar ninguna respuesta de sus prisioneros, Gabriel continuó hablando, metido en su personaje de malo condescendiente.

—Serán bien tratados si se portan correctamente, y correctamente se traduce como no atacar a ninguno de mis hombres y no tratar de escapar. Solo estarán en mi compañía hasta que recobre todas mis fuerzas; como pueden ver mis alas ya están negras y todo este tiempo morando en la tierra ha terminado por pasarme factura. Por la cuenta que saco, si llego a recuperar toda mi fuerza divina, me daré por satisfecho en algo más de tres años, tiempo que, para nosotros, seres celestiales, no significan nada. Pueden escoger entre dos tratamientos. Les puedo suministrar suficiente droga para que estén tranquilos y los años pasen más rápido, o puedo disminuir la cantidad de droga y flagelarlos a diario para que usen su energía en regenerarse. Ustedes escojan.

Hizo una pausa teatral esperando alguna respuesta de los prisioneros y al no obtener ninguna como la vez anterior, prosiguió hablando mientras se paseaba de un lado a otro lentamente y con las manos agarradas en la espalda, por debajo de sus alas, en reposo y con una mueca de conformidad que nadie supo dilucidar si era cierta o fingida.

—Entonces escogeré yo. Prefiero atiborrarlos de droga; son muchos y golpearlos todo el tiempo supondría un gran esfuerzo para mis agotados muchachos, quienes a propósito, pude ver cómo las observaban a ustedes tres, muchachitas. Mala idea esa de materializarse como mujeres, muy mala idea. La mayoría de los hombres llevan años sin compañía femenina, ¿saben a qué me refiero? Aunque no creo que tú escapes por ser varón —dijo refiriéndose a Feriles—, aquí los gustos son muy variados.

Gabriel quedó frente a los cuatro ángeles esperando alguna reacción. Quizás esperaba algo de enojo, de ira, de rabia o hasta un poco de miedo; pero nadie pareció inmutarse ni preocuparse ante sus palabras. Solo se limitaron a mirarlo con indiferencia, casi con lástima, lo que enojó a su captor y salió rápidamente del lugar.

— ¡Doble dosis! ¡A todos! —dijo al pasar por el lado del jefe de sus subordinados.

Fueron pasando los meses y nada cambiaba en el entorno de los ángeles; o mejor dicho sí cambiaba, pero para peor. La droga los mantenía casi todo el tiempo embelesados y sin saber a ciencia cierta qué pasaba a su alrededor ni cuánto tiempo llevaban en cautiverio. Se comunicaban entre ellos solo cuando dormían, sin llegar a crear algún plan factible para salir de aquel lugar. Todos se preguntaban qué había sucedido con Reilar, porque aunque Gabriel les dijo que estaba vivo, siempre cabía la posibilidad de que les mintiera. Aunque confiaban que si moría, su muerte fuese percibida aunque fuera por uno de ellos. Eran drogados regularmente y violados por los hombres al servicio de los demonios, aunque esto último disminuyó casi hasta desaparecer en poco tiempo después que pasara la emoción de lo nuevo. Al no obtener resistencia ni complacencia de sus víctimas, simplemente dejaron de hacerlo porque era peor el vacío y la culpabilidad que sentían después, que el breve disfrute del acto. No sabían que, pese a parecerse mucho físicamente, los ángeles y los humanos guardaban grandes diferencias en cuanto a sus naturalezas y solo podían ser compatibles si uno igualaba la naturaleza del otro, cosa casi imposible de lograr por un humano y muy contraproducente para un ángel, pues al igualarse a un ser inferior perdía mucho de su fuerza divina.

Los cuatro se mantuvieron firmes y aferrados a su espíritu divino todo el tiempo. No redujeron el poder del espíritu santo que habitaba en su interior, sino que se apoyaron entre ellos cuando alguno parecía dejarse llevar por la desesperanza y el desconsuelo. Las condiciones de vida no le afectaban, las drogas no les impedía seguir en contacto entre sí y las laceraciones y violaciones eran absorbidas por el cuerpo físico que escogieron para ser materiales, sin llegar a mancillar el alma pura que tenían en ellos. Por más maltrato de todo tipo que pasaron nunca culparon a sus captores, nunca desearon el mal para sus agresores, nunca fueron siquiera groseros con ellos, a tal punto que los vigilantes tenían que ser cambiados con frecuencia, porque muchos no soportaban seguir dañando a seres tan buenos y puros. Así permanecieron, donando involuntariamente las plumas que se desprendían de sus atadas alas para la satisfacción de Gabriel y sus demonios, quien veía cómo las suyas se blanqueaban progresivamente y desaparecían las tenues arrugas que afeaban su rostro. Su fuerza se incrementaba con cada inyección y la ambición crecía proporcionalmente a su vitalidad.

Los jóvenes

La joven caminaba detrás de su padre, quien iba sentado en una silla de ruedas guiada por una mujer. Ya podía caminar, pero se cansaba mucho y quería encontrarse más tarde con sus hombres, por lo que necesitaría mucha fuerza. A sus espaldas cerraban la marcha dos descomunales hombres, metidos en trajes más o menos decentes. Dejaron las instalaciones principales de la casona y se internaron en un largo y sinuoso pasillo que bordeaba parte de los antiguos establos y se sumergía en la tierra, prácticamente sin avisar. Se tornaba con cada curva más oscuro y sucio. Los pasos, amortiguados por el polvo acumulado durante años, se hacían silenciosos y la suela de los zapatos se pegaba al piso húmedo. Llegaron delante de una enorme puerta metálica y oxidada. Otros dos hombres que la custodiaban las abrieron para ellos, quitando un gran candado cogido con cadenas y causando un chirrido espantoso que le erizó los pelos de la nuca a Naolia, quien se encogió de hombros y siguió a su padre sin hacer ninguna pregunta. Los custodios miraron por una ranura muy estrecha abierta toscamente en la puerta con un soplete y asintieron con la cabeza, retirando las dos vigas metálicas que la reforzaban.

Los dos guardaespaldas se adelantaron y, acompañados por el otro par que cuidaban la entrada, tomaron posición en los vértices imaginarios de un cuadrado, justo en el centro de la estancia. Allí estaba una masa deforme mal iluminada que apenas se movía al respirar. Encendieron unas antorchas y la luz se reflejó de inmediato en la figura de un joven encadenado de pies y manos que parecía estar más muerto que vivo. Unos grilletes le sujetaban por los tobillos y las muñecas, manteniéndolo en una posición sumamente incómoda. Arrodillado y con los brazos hacia atrás colgando por encima de él, permanecía encorvado como si rezara. El cabello negro y brilloso casi tocaba el suelo y su cuerpo desnudo mostraba profundas cicatrices que no sangraban a pesar de ser frescas y estar abiertas. La piel era blanca e increíblemente limpia y despedía cierta claridad, como si brillara un poco. A un metro de él, una pluma blanca iridiscente descansaba, dando la sensación de que flotaba sin tocar el sucio suelo. Era grande y esponjosa, despedía destellos de colores cuando se cambiaba la dirección de la mirada en lo más mínimo y se sentía un deseo incontrolable con solo verla, de tomarla en las manos y acariciarla. Los cuatro hombres que rodeaban al chico parecían estar atentos al joven, pero en realidad tenían los ojos clavados en la pluma, sin pestañear. El primero en hablar fue el padre de la muchacha y lo hizo para dirigirse a ella.

— ¡Ahí tienes la pluma que te prometí! Puedes tomarla.

La joven se adelantó lentamente y se agachó para recogerla, en ese mismo momento, cuando se encontraba a pocos centímetros del prisionero, el chico levantó la cabeza y la miró directamente a los ojos.

— ¡Ayuda! —resonó en el interior de su cabeza, como un grito exhalado desde lo más profundo de una caverna.

Un escalofrío recorrió su espalda. Los ojos del joven se le clavaron en el alma. Nunca había visto algo tan bello y tan triste. Sus pupilas parecían reflejar todas las estrellas del cielo con un fondo tan profundamente oscuro que resultaba perturbador. Se quedó congelada en la misma posición unos segundos, hasta que uno de los hombres la sostuvo por las axilas, invitándola a incorporarse. Temblando de pies a cabeza y con una sensación rarísima en el pecho, Naolia se puso de pie sin poder apartar la vista de aquellos ojos. Todos caminaron de espaldas hasta llegar a la puerta, mientras el muchacho mantenía la mirada fija en ella. Apagaron las antorchas y salieron los guardias. Las puertas se cerraron lentamente, sumergiendo el calabozo en la oscuridad más profunda. Cuando faltaban unos centímetros para cerrarlas por completo, Naolia se volteó rápidamente y alcanzó a ver el último destello de aquellos ojos que se aferraban a ella desde el abismo aterrador de la desesperanza.

Regresaron en silencio. Al llegar a la superficie, la muchacha se volteó hacia su padre.

—Sus alas están atadas.

—Es mejor que sea así hija mía, son tan fuertes que pueden cortar el acero como si fuese un pan; pero mientras esté drogado no puede usarlas.

— ¿Y por qué le golpean? ¿Se negó a dar la pluma?

—No realmente. Las plumas caen una o dos veces al mes aunque él no quiera. Los latigazos y las heridas son para mantenerlo lo suficientemente débil mientras se cura y también para tratar de recolectar sus lágrimas, dicen que son aún mejores que las plumas.

— ¿Y han recogido bastantes?

—Ni una sola. Es más duro que el acero y las heridas sanan en solo horas. Mis hombres se cansan más por golpearlo que él por recibir el castigo, tienen que rotarse para descansar.

En el rostro de la joven se dibujó una leve sonrisa. En su mente de adolescente, el joven castigado que resistía golpe tras golpe sin llorar era una especie de héroe. Lo recordó con tanta nitidez que creyó tenerlo frente a ella otra vez. Observó nuevamente su piel pálida y translúcida que dejaba ver cada vena azul bajo ella y la profundidad de las heridas; pero sobre todo recordó la convicción de su mirada, lo relajado del semblante, la tranquilidad de mártir.

Llegaron a una gran habitación y los guardias quedaron afuera, mientras que el jefe y su hija entraron. Al quedar solos el hombre respiró satisfecho de sí mismo. Su hija permaneció parada en medio, mirando la enorme pluma blanca que sostenía, pues en todo el viaje de retorno no se lo había permitido su pensamiento. Parecía estar hipnotizada por su brillo y por el tacto suave y dulce de su roce sobre el dorso de la mano.

— ¿Qué estás esperando? Ya hemos hablado sobre esto; necesito saber que puedes hacerlo tú sola.

Ceremoniosamente se acostó en la cama y miró hacia el techo, buscando concentración. Respiró profundamente varias veces y de un solo golpe se apuñaló en el muslo con la pluma. Un grito gutural escapó de su boca antes de perder el sentido. El hombre se acercó a la chica, inclinándose sobre ella al llegar a su lado para verle mejor. El color amarillento de su piel se tornó rosado y se rellenaron los músculos atrofiados. Los labios volvieron a ser carnosos y rojos, retornando a su cabello el brillo que era habitual antes de la enfermedad.

— ¡Es increíble! —dijo en un susurro, como si hablara consigo mismo y comenzó a derramar sobre el cuerpo dormido de su hija, las lágrimas que creía habían desaparecido para siempre de sus ojos.

Cuando Naolia despertó su padre no estaba. Se encontraba sola, pero enseguida notó que alguien había puesto frente a ella un espejo enorme. Se incorporó y miró detenidamente su reflejo. A medida que descubría los cambios experimentados en su cuerpo y en el rostro, se sonreía asombrada de la mejoría. Su alegría iba creciendo hasta terminar en una risa estruendosa y en un baile loco y sin forma que le hizo pasar por toda la habitación dando saltos sobre los muebles, haciendo uso de su nueva fuerza. En medio de la algarabía se detuvo repentinamente; a su cabeza volvieron las palabras que escuchó cuando estaba frente al ángel y su alegría se transformó en una mueca. Lo que en su momento le pareció algo trivial, acostumbrada como estaba a tantos horrores a pesar de su juventud, regresó con un nuevo matiz a su mente. Aquellos ojos profundos como el cielo, fatigados, pero sin un ápice de miedo; el tono firme de la voz a pesar de saberlo torturado y flagelado. Ahora pudo entender la expresión indescifrable en la cara del ser amarrado con cadenas, la expresión que no pudo entender por no haber tenido nunca ninguna referencia anterior. Era la expresión de alguien triste que era feliz; feliz por poder darle esa pluma a un enfermo, a alguien necesitado; triste no por lo que le sucedía, no por el castigo al que estaba siendo sometido. Estaba triste por sus captores, por sus verdugos, estaba triste por las almas perdidas que no podía recuperar, estaba triste por...

— ¿Cómo te llamas?

Naolia dio un salto por la sorpresiva voz que retumbó en toda la habitación, como si viniera de altavoces situados en cada una de las paredes. Dirigió sucesivas miradas a uno y otro lado, buscando quién le hablaba, pero al no ver a nadie comenzó a asustarse.

—No te asustes, nos conocimos hoy en la mañana, tomaste una de mis plumas y por lo que siento, la acabas de usar. ¿Te sientes mejor?

Ella demoró un poco en responder, tratando de entender lo que sucedía. Al fin dedujo que la voz no venía de ningún lugar, sino que estaba en su cabeza. Era la misma voz dulce y profunda que le pidió ayuda, era la voz del ángel.

— ¿Quién eres —logró decir con algo de escepticismo todavía e inseguridad en las palabras— y cómo puedes hablar conmigo?

—Mi nombre es Reilar, usaste una de mis plumas y ahora tenemos una conexión especial, siempre y cuando ambos queramos comunicarnos, si no lo deseas solo tienes que dejar de pensar en mí.

— ¡No estaba pensando en ti!

Si Reilar pudiese verla, habría notado el sonrojo de su rostro que trató involuntariamente de disimular, llevándose las manos a la cara y mirando en torno suyo.

— ¿Puedes verme también? —dijo algo angustiada.

—No, de hecho estoy dormido. Despierto no puedo comunicarme con nadie debido a las drogas que me dan. Ni yo mismo sabía que podía hacer esto; eres la primera persona con la que me comunico desde que estoy aquí, aunque he podido hacerlo con tu padre; pero no me interesa, ya sé los motivos por los que me trajeron y también sé que no me dejarán ir.

— ¿Cuál es ese motivo? —preguntó temerosa de saber ya cuál era la respuesta.

—Eso ya lo sabes, pero no importa, me alegro de serte útil. Pero debes de prometerme algo. Si en algún momento te digo que te alejes de mí, tendrás que hacerlo lo más rápido que puedas sin dudarlo un solo instante, ¿de acuerdo?

— ¿Puedo saber por qué?

—Si te lo pido es porque sé cuándo voy a morir y si estuvieses cerca morirías también, por lo que mis plumas no habrían servido para nada. La conversión de toda la materia de mi cuerpo en energía pura, produciría una explosión nuclear pequeña, pero sin radiación; quizás uno o dos kilómetros al rededor no serían seguros para ninguna persona.

— ¿Ustedes... también mueren?

—Todo lo que es creado puede morir, incluso nosotros... estoy despertando... por los golpes, luego...

La voz desapareció de su cabeza tal y como había llegado. Quedó parada en medio de la habitación sin saber qué hacer. La experiencia había sido tan poco usual e increíble que terminarla tan de repente le dejó algo anonadada. Acabó de regresar a la realidad y se sentó pensativa por un buen rato en el borde de la cama.

Su padre interrumpió sus cavilaciones y ante su presencia, ella corrió a sus brazos y se sentó sobre sus piernas al mismo tiempo que le abrazaba fuertemente entre lágrimas de alegría. Luego estuvieron hablando varias horas de lo sucedido y de los planes para un futuro. Él le explicó todo lo que sabía sobre los ángeles y ella le daba detalles de cómo se sentía de saludable. Sin saber el motivo exacto del por qué, Naolia no le contó nada al padre sobre su conversación telepática con el chico ángel, sino que lo ocultó como se guarda un secreto muy íntimo.

Naolia

La adolescencia de Naolia se había perdido en la enfermedad y aunque no era muy entretenido ser joven en este nuevo y destruido mundo, siempre los jóvenes se podían dar el lujo de soñar con un mejor futuro. En cambio, solo tuvo dolores insoportables por años y años, siendo un verdadero milagro que no sucumbiera ante la desgracia. Ahora se abría ante ella todo un abanico de posibilidades, incluso se podía sentir afortunada de poder vivir en la ciudad amurallada y de gozar una vida relativamente normal. Regresó el sueño de enamorarse, de casarse y de tener familia, de dedicarse a algo que no fuera pasarse el día acostada mirando para el techo o leyendo una y otra vez los pocos libros que se salvaron de las hogueras que hicieron para combatir el frío en las larguísimas noches y días sin sol que siguieron a la gran guerra. Ahora que podía gritar a pleno pulmón, saltar, reír y burlarse de la muerte, ahora que el mundo se teñía con un nuevo y alegre color, ahora que tenía todas las razones para sentirse la persona más afortunada del universo, no podía sacarse del pensamiento a ese joven herido y firme que solo deseaba el bien para ella a pesar de ser precisamente ella el motivo de su martirio y esa simple y aparentemente insignificante razón, le hacía dudar de su derecho a ser feliz.

Naolia regresó a la ciudad, a la vida que su padre podía pagarle haciendo lo único que sabía hacer bien, que era combatir y matar, como el soldado que educaron desde casi niño a no temer a nada ni a nadie. Ella se lo agradecía, pero en el fondo no le agradaba que su padre se dedicara a semejante trabajo; por eso, cuando le dijo que tal vez se podía mudar con ella y dejar todo atrás, fue el día más feliz de su vida, incluso contando la vez que se inyectó la pluma de ángel. Naolia regresaba al búnker de su padre cada cierto tiempo para inyectarse y terminar de curarse por completo, pues el padre no quería correr el riesgo de trasladar la pluma o al ángel al interior de las murallas y que se descubriera su secreto. Él también pudo volver a caminar, pues probó un par de veces la dosis. Para garantizar la fidelidad de los hombres que se encargaban de "cuidar" del ángel, les pagaba muy bien e incluso compartió alguna que otra pluma con ellos, aunque tuvo cuidado de escoger entre sus soldados a los más saludables y que no tuviesen familia, para que no necesitaran mucho de los poderes que otorgaban.

No obstante estar alejados físicamente, el ángel y Naolia conversaban cada vez más, hasta hacerse algo habitual todas las noches, por lo que ella tenía que dormir bastante durante el día. Incluso mientras Reilar se encontraba despierto se hablaban, pero él prefería no hacerlo porque la droga le hacía confundirse y decir tonterías o cosas sin sentido y eso le avergonzaba. Por el contrario, estando dormido entablaban ricas e interminables conversaciones donde el ángel le contaba historias divinas y de hombres que aprendió en los muchos años que tenía viviendo en los cielos, pues a pesar de su juventud, en comparación con un humano tenía el equivalente de varias generaciones y por tanto muchísima más sabiduría que cualquiera de ellos. Así Naolia se enteró de las guerras entre demonios y ángeles y del peligro que corría la humanidad si Gabriel o el diablo, como se le conocía en la tierra, tomara el control de todo. "Conectarse" cada noche fue mágico para Naolia; fue como pasar un curso condensado de vida, la vida que no pudo vivir por su enfermedad. Lo consultaba todo con él, hasta los más triviales asuntos y reían juntos y hasta lloraban juntos cuando el curso de la conversación derivaba en temas tristes o delicados. Él también aprendió mucho de los humanos y de sus sentimientos en estas secciones nocturnas, de cómo pensaban y cómo veían la corta vida que podían tener aquí en la tierra, que era realmente un vistazo a lo que les esperaba en una existencia eterna y plena, como era el plan inicial y fallido del creador. Le enseñó a la chica canciones tan hermosas que hacían brotar las lágrimas y ella descubrió que tenía una gran pasión y talento para cantarlas, convirtiéndose en otra mentira que le decía al padre cuando le escuchaba cantarlas y le decía que las inventaba ella para no revelar su secreta amistad con su salvador y amigo.

Cada vez que tenía que ir a inyectarse una pluma, Naolia aprovechaba para hacerse la enferma y permanecer uno o dos días cerca de Reilar, aunque no se atrevía a ir a visitarlo porque los hombres de su padre seguro la delatarían. Así que solo se podían ver cuando ella insistía en recoger personalmente la pluma al asegurar que se sentía mejor cuando lo hacía. Realmente lo único que necesitaba era ver que estaba bien dentro de lo posible y aunque intentó que su padre ordenara que le castigasen menos o que no le drogasen, no consiguió un mejor trato para él. Con la posible rebeldía del ángel y la consiguiente aniquilación de todos bajo su poder, era muy difícil que accediera a suavizar el cautiverio a que era sometido. En cambio conversaban toda la noche y si ambos lograban conectarse durante el sueño, se podían ver como si hablasen en persona.

Con la continua preocupación de ambos por la salud y el bienestar del otro, fue surgiendo sin quererlo y sin percatarse ninguno de los dos, algo más profundo y fuerte que una simple relación de amigos. Ella pensaba casi exclusivamente en el ángel amarrado y torturado que yacía en lo más oscuro y profundo del cuartel general de su padre y él encontró en el recuerdo y la compañía de Naolia la razón y la fuerza para soportar la flagelación a la que era sometido diariamente y para alejar de su cabeza por unos instantes, la preocupación por sus hermanos que, adivinaba, estarían sufriendo las mismas torturas sino peores a manos de sus captores.

El amor

Ya Gibaros había usado tres de sus plumas, por lo que tenía un lazo bastante fuerte con él y, aunque nunca dejó que lo supiera, podía saber casi todo sobre lo que pensaba su captor. Así averiguó el lugar exacto donde estaba y lo del pacto con Gabriel y sus demonios, cosa que no le extraño mucho a decir verdad, pues no había otra manera de encontrar sus puntos débiles que no fuera tratando con individuos igual que ellos.

Después de un año de cautiverio sucedió algo que cambiaría toda la dinámica de las relaciones entre Reilar y los que le rodeaban; se agotaba la droga y no había manera de conseguir más. Gibaros sabía que Gabriel, a quien ya conocía bien por verlo a menudo en la élite que dirigía la nueva ciudad, estaba esperando que se le agotara la droga para que acudiese a él en busca de más y así tener otra oportunidad de hacerse con el ángel que le faltaba. La solución que encontraron fue golpearlo más cada vez y así ahorrar el estupefaciente hasta encontrar la manera de conseguir otra manera de someterlo.

Una de las visitas de Naolia coincidió con una de esas palizas que apenas terminaba. Las últimas dos veces se había inyectado las plumas sin que se produjera ningún efecto en ella, ni siquiera sentía el más leve mareo y las plumas no perdieron nada de su brillo. Entonces Reilar le dijo durante la noche que ya estaba curada del todo. Al día siguiente aprovechó la ausencia de su padre para ir a verlo, siempre disimulando ante los guardias la fuerza de los sentimientos que le ataban al ángel. Todo iba bien hasta que se abrió la puerta y se quedó espantada ante el aspecto del prisionero. Dio un alarido de terror y corrió hacia él antes de que los custodios pudiesen detenerla. Lo abrazó con tanta fuerza que les fue imposible a los dos hombres separarlos; sus lágrimas corrieron, mojando el rostro desfigurado y sangriento del joven, quien estaba tan agotado que apenas reaccionaba al abrazo. Cuando al fin pudieron alejarlos, ella se volteó hacia los verdugos como una tigresa en celo.

— ¡¡Qué hacen, idiotas!? ¡El próximo que lo toque tendrá que vérselas conmigo! ¡Conmigo! ¿Entienden?

Ahora, libre de los brazos de los hombres de su padre y con la ventaja que sus amenazas causaron en ellos, retornó al lado del herido y, sin importarle la mirada de los demás, tomó su rostro en las manos y le besó sin ningún pudor cada centímetro del mismo. Le acarició con una dulzura nueva, incluso para ella, y sus manos recorrieron todas las heridas que veía sanar bajo su mirada como por arte de magia. Su cara y sus manos terminaron llenas de sangre que se evaporaba casi al instante, pero eso no le importó. Solo cuando vio una sonrisa en los labios de su amado volvió a la realidad. Se incorporó de un salto y, luego de clavarles a todos una mirada de reproche, regresó enojada y de prisa a la superficie.

Su padre llegó en pocas horas, avisado por sus hombres de la actuación y se enfrentó a su hija con la misma dureza que lo hacía en los años posteriores a la pérdida de la madre de Naolia, cuando el dolor de su ausencia le trastornó tanto que culpaba a todos, incluso a él mismo por la desgracia. Luego siguió siendo el monstruo que era, pero su corazón permaneció tierno y amoroso para su hija. El hombre que entraba por la puerta en ese momento no parecía ser el cariñoso.

— ¿En qué estabas pensando? —Gritó apenas entró— ¿No estoy cansado de decirte lo peligroso que es acercarse a esa cosa? ¿No sabes lo que me ha costado mantenerlo vivo? ¡Una fortuna!

La chica que esperaba la llegada de su padre, preparada para enfrentarlo con fuertes argumentos, al ver la impetuosidad de su progenitor y la ira reflejada en su rostro, se olvidó de todo lo que tenía preparado y sus instintos más básicos salieron a relucir, ganándole a su rebeldía el respeto que sentía por él. Solo soportó el vendaval que se cernía sobre ella como un polluelo que se refugia de la tormenta acurrucado en su nido.

— ¡Confiaba en ti, Naolia, confiaba en ti! Y haz puesto en peligro la vida de mis mejores hombres, y lo que es peor, pusiste en riesgo tu propia vida. ¡Maldición!

Gibaros no cabía en la habitación. Siguió profiriendo improperios y maldiciones mientras caminaba de prisa y a grandes pasos, como una fiera salvaje atrapada en una trampa mortal.

— ¡Ahora mismo te vas a ir a la ciudad amurallada y no saldrás de allí hasta que yo muera! ¡Nunca más volverás a ver a esa cosa en lo que te quede de vida! Mañana mismo lo traslado a un lugar tan secreto y profundo que ni el mismo Dios lo va a encontrar.

—Lo amo.

Las palabras fueron dichas con calma, pero firmemente. Al principio pareció que el padre no las había escuchado y se hizo un silencio incómodo entre los dos. Él parecía meditar con la boca abierta, luego dejó de buscar algo invisible en el aire y se concentró en su hija, acercándose a ella lentamente, con la incredulidad en la mirada y el ceño fruncido.

— ¿Qué dijiste?

Esta vez no parecía tan buena idea para Naolia, lo que escapó de sus labios hacía un momento tan espontáneamente. Para repetirlo tuvo que tragar dos veces la saliva de su reseca boca. Esta vez sus palabras fueron vacilantes.

—Lo amo. Desde hace meses lo amo —como la sorpresa no permitía al padre hablar, ella aprovechó para tomar la delantera y se llenó de valor—. No te lo dije, pero todas las noches hablamos desde la distancia; es así porque al usar sus plumas parece que tenemos cierta conexión y me he enamorado de él. De su fuerza, de su preocupación, de su ternura, de su sabiduría. Lo amo y nunca dejaré de hacerlo, aunque pongas todo el mundo entre nosotros.

Gibaros seguía sin poder hablar. Lo que se desplegaba ante él era demasiado grande para procesarlo a la misma velocidad. Su niña le hablaba exactamente igual que su madre. Había crecido de un día para otro, como solo el amor puede hacer crecer a alguien. Hablaba de sentimientos de adultos con la convicción de un fanático y él no se percató de nada por creer que ella iba a seguir siendo una niña siempre. El silencio de su padre y el haber abierto un agujero en el dique de sus sentimientos, provocó una cascada que tomaba fuerza con cada palabra que dejaba salir, convirtiendo el tímido "Lo amo" del principio, en un torrente que inundaba su pecho hinchado por ese sentimiento oculto en su interior, incluso para sí misma y que se disparó al ver al ángel tan maltrecho y herido tomándola por sorpresa. Ahora se le aclaraba todo de una vez y sentía que era tan puro y grande que sería mortal para su alma no dejarlo salir, costara lo que le costara. Haberse quedado con todo eso adentro o incluso negarlo, era mucho peor que el peor de los castigos que pudieran imputarle. Sentía que en ese momento era invulnerable a la ira, al dolor y a la muerte. Hablaba sobre cosas que ignoraba que existieran hacía apenas unas horas, pero sin embargo parecía que las conociese desde hacía siglos y que era toda una experta en asuntos del corazón.

—No quiero ser curada, no quiero una vida eterna, no quiero vivir rodeada de lujos. Quiero estar a su lado por el resto del tiempo que me quede, así sean dos días.

Las lágrimas salían de sus ojos como un manantial de montaña en verano. Eran lágrimas cristalinas y frescas porque no eran de pesar, sino de felicidad, felicidad descubierta en unos minutos, pero que era tan grande como el cielo.

—Siempre me cuentas cómo amabas a mamá y que su partida se llevó tu corazón; que si no fuera por mí te hubieses quitado la vida para seguirla. Ese amor tuyo me dio fuerzas para soportarlo todo y seguir adelante con la esperanza de una cura, porque sabía que si tú me perdías también te perderías. Ahora no puedes negarme que sienta ese mismo amor por alguien más.

Gibaros no respondió a las palabras de su hija, sin embargo parecía que toda su ira se había esfumado. Su rostro no dejaba ver ninguna expresión, como si no entendiera lo que estaba pasando y su mente se esforzara en comprender algo dicho en otro idioma. Cerró la boca que mantuvo abierta todo el tiempo que duró el monólogo de su hija y se alejó de ella un par de pasos; miró lentamente a su alrededor como si hubiese olvidado algo y no recordara el qué. Se metió las manos en los bolsillos y salió de la habitación tan lentamente que parecía que estaba paseando por una playa al atardecer. Naolia quedó desconcertada, sin saber qué pensar sobre el efecto que sus palabras ejercieron en su padre. Nunca lo había visto quedarse sin palabras ante una situación; siempre reaccionaba rápidamente, a veces calmado y otras con furia, pero siempre reaccionaba y esta nueva fase le ponía los pelos de punta. Cada vez que le veía meditar sobre algo presagiaba un desastre para sus enemigos y más temprano que tarde sucedía algo grande. Sin embargo en el trato personal con ella nunca se quedaba callado y era la mayoría de las veces comprensivo, aunque muy recto en sus decisiones. Ella amaba eso de él aunque a veces le perjudicaba cuando no la dejaba salirse con la suya; porque aunque sabía que cuando se negaba no tenía esperanza alguna de tener lo deseado, si decía que sí, absolutamente nada en el mundo le impediría conseguirlo y eso era, por suerte, la mayoría de las veces. Por esa razón ella fue feliz y tenía la certeza de que cumpliría con su palabra el día que le prometió que encontraría una cura para su enfermedad. Ahora estaba curada del todo y por eso se sentía fatal al creer que le fallaba a su padre por haberle hablado de esa manera; sobre todo se sentía mal por ocultarle durante tanto tiempo la conexión que tenía con Reilar. A pesar de todo, algo en su interior le decía que su decisión era la correcta al no traicionar los sentimientos que tenía por el ángel.

PASÓ EL RESTO DEL DÍA sin que el padre volviera a hablar con la hija. Ella, por su parte, no pudo pegar un ojo en toda la noche, pensando en cuál sería la respuesta de su padre en la mañana, si es que había alguna respuesta. En medio de sus reflexiones escuchó unos pasos que pasaron de largo frente a su puerta; unos pasos que conocía bien por el ruido que producían los casquillos incrustados en la suela de las botas. Eran los pasos de Murillo, el "martillo" secreto de su padre, y solo era llamado cuando había un trabajo muy peligroso que hacer y se necesitaba rapidez, crueldad y certeza. Ninguno de sus hombres le conocía y no era presentado a nadie. Llegaba en el más completo secreto y así mismo salía. Solo Naolia había visto su rostro y sabía de su papel, pues siendo niña escuchó varias conversaciones de misiones sangrientas entre ese hombre y su padre, escondida en un armario especial que permitía ver el exterior mediante un periscopio en su interior. Gibaros enfrentaba a su hija a todos los peligros conocidos cuidándola lo posible por si algún día tuviese que enfrentarlos por sí sola. Esta vez la mantuvo al margen de la conversación y eso levantó las sospechas de la joven, quien se estremeció de solo pensar de qué se trataba el "trabajo" que le encargarían al asesino.

Ella siempre supo lo que era su padre, pero eso nunca le importó a pesar de no gustarle. Prefería olvidar lo que a escondidas veía y escuchaba y quedarse con el hombre amoroso, tierno y comprensivo que era en su presencia. La doble vida que llevaba no era un problema moral para ella, que le veía como un dios omnipotente y automáticamente justificaba en su mente todas las cosas que en el fondo de su alma sabía que estaban mal. Después creció y los asuntos de su padre relacionados con su trabajo perdieron su interés, cayendo en una especie de recuerdo inactivo, limitándose solo a la lucha establecida a muerte con su enfermedad.

Cerró los ojos y se concentró como nunca en comunicarse con Reilar. Después de varios minutos y con mucho esfuerzo lo logró.

—Necesito que te conectes con mi padre. Está teniendo una conversación con alguien y es urgente que le escuche.

—No sé si pueda... estoy muy débil, además... nunca he probado hacer eso que dices, no sé si funciona así.

—Es importante que lo intentes, por favor, todo puede depender de eso. Mi padre usa tus plumas, así que debemos tener algún nexo telepático.

—Sí, es posible, pero tienes que tratar de apagar tus pensamientos y solo escuchar o él también podrá oírte, ¿entiendes?

—Creo que sí, apúrate, hace rato que están conversando.

—Bien, bien. Trata de estar lo más cercano a tu padre y concéntrate pensando en su persona.

Una idea cruzó por la mente de Naolia. Como un resorte se levantó y corrió afuera de la habitación. Allí, uno de los hombres de su padre le detuvo con una mirada inquisidora.

—Voy al baño, ¿o preciso un permiso especial para eso?

El guardia unos segundos en apartarse del camino, pero lo hizo con un gesto de resignación. Caminó delante de ella por el pasillo hasta llegar a la puerta del baño.

—ME VOY A DEMORAR, NO quiero que me molesten —dijo al guardia cuando pasó por su lado sin apenas mirarle.

Enseguida que entró, quitó una oxidada tapa con agujeros de la pared y penetró en los conductos que servían en el pasado para la climatización del lugar. Recorrió varios metros y dobló dos o tres veces, llegando con mucho sigilo al despacho del padre. Los conductos eran mucho más estrechos de lo que recordaba, pero con mucho cuidado se podía trasladar por ellos todavía. Su padre permanecía de pie y daba nerviosos paseítos por el lugar. Murillo esperaba a que el jefe se decidiera a hablar tranquilamente y le seguía con la mirada de un lado a otro. Sin dejar de moverse y sin mirar a los ojos al asesino, el padre comenzó a hablar con un tono en la voz que Naolia no conocía, era el tono de la inseguridad y de la angustia, pero el techo era demasiado alto y conversaron casi en un susurro, por lo que Naolia trató de hacer lo que Reilar le había indicado. Calmó su respiración y entrecerró los ojos, concentrándose en la conversación unos metros debajo de ella. Como por arte de magia llegaron a sus oídos las palabras de los hombres, las del padre se sentían dentro de su cabeza y las de Murillo un poco más apagadas y lejanas, como a través de un megáfono que estuviese lejos.

—Tengo una misión para ti. Algo muy importante en lo que no puedes fallar. En cuanto a la paga, te diré que no tendrás que preocuparte por dinero en un buen tiempo.

— ¿A cuántos tengo que liquidar? —preguntó Murillo con menos emoción que si estuviese hablando de sus zapatos.

—A uno solo —respondió Gibaros mirándole a los ojos por primera vez desde que el hombre entrara.

A Murillo no pareció importarle. Le daba lo mismo uno que ochenta, de todos modos no hacía otra cosa que mandar infelices al infierno todo el tiempo, por paga o por diversión. A los ojos de Naolia el asesino parecía mucho más atroz que en sus recuerdos. Su cara se había transformado en una mueca cruzada en todas las direcciones por cortes y cicatrices; huellas seguramente de sus múltiples batallas y prueba de su destreza y suerte en la profesión que tenía.

— ¿Recuerdas el lugar donde retuvimos a aquel señor de la tierra hace unos tres años, el alto muy delgado? Pues está en el mismo sitio —prosiguió al ver que el hombre asentía con la cabeza.

— ¿Cuándo?

—Hoy mismo; pero tienes que ser muy preciso con el momento. Solo puedes hacerlo seis horas después que yo y mi hija hayamos salido de aquí, no antes, ¿entiendes?

—Seis horas, no antes —repitió como un autómata sin cerebro.

—Saldremos dentro de dos o tres. Quizás tengas que neutralizar a los dos guardias de la puerta para llegar a él y tienes que seguir mis instrucciones veas lo que veas allí adentro.

—Ya nada me puede sorprender, jefe.

—Créeme, lo que vas a ver allí te sorprenderá. La única manera de matar a esa cosa es cortándole la cabeza, aunque parezca frágil y esté encadenado es algo muy poderoso y si no le cortas la cabeza nos perseguirá por el resto de nuestras vidas y nos matará como se corta una brizna de hierba, ¿entiendes bien lo que te digo?

El hombre pareció tomar en serio el encargo, pues sabía muy bien que el jefe era incluso más duro que él y la preocupación era auténtica en sus palabras y gestos.

—No se preocupe señor, lo haré tal como mande, no faltaba más.

Gibaros se dirigió a una mesa y tomó una pequeña bolsa de cuero que estaba al lado de otra idéntica y se la entregó a Murillo, éste miró en su interior y el rostro se le iluminó como la luna en una noche despejada. Una sonrisita alargó un poco sus finos y lacerados labios e hizo más profundas las cicatrices del lado derecho de la mejilla. La cerró nuevamente muy satisfecho y la guardó en un bolsillo interno.

—Cuente con que todo saldrá como usted lo desea.

—Eso espero. Si hace bien la misión, al terminar tendrá otra bolsa igual.

El hombre respiró profundo y aguantó la respiración, hinchando el pecho y agrandando los ojos.

—Puedes retirarte. Recuerda esperar seis horas antes de matarlo. Al salir dile a alguien que deseo hablar con el "Ratón" y que venga enseguida.

Murillo salió más contento que en su cumpleaños y después de unos minutos apareció un hombrecito que le hacía honor a su sobrenombre, pues era la cara humanizada de un ratón, como si un encantamiento hubiese convertido en persona a un roedor. Parecía que además de parecerse, también había adoptado algunas manías de estos animalitos, pues movía la nariz como si estuviese oteando el aire en busca de comida.

— ¿Me llamó, señor?

—Sí, tengo una misión que debes cumplir con la mayor exactitud y rapidez posible, sino no tendrá el desenlace que espero, ¿estás prestando atención? Voy a salir. Tienes que asegurarte que todos los hombres se encuentren dentro de seis horas exactas en la habitación principal de la casa. ¡Todos! Desde los cocineros hasta las putas. ¡Todos! No puede faltar nadie. Deja solo a dos guardias con el prisionero de abajo. Al regresar voy a decirles algo sumamente importante y nadie se lo puede perder. Reparte este oro entre todos justo antes que yo llegue.

—¿Y cuándo usted llegará exactamente?

—Dentro de seis horas, te llamaré unos minutos antes, ¿de acuerdo?

—¡Claro, jefe! Como usted ordene así se hará.

—Si haces todo bien te daré otra igual solo para ti.

—¡Nadie lo hará mejor, jefe, se lo aseguro!

—Eso espero. Retírate.

Quizás Ratón se olía algo extraño, pero al ver el contenido de la bolsa se le bloqueó el olfato y salió disparado del lugar. Gibaros quedó solo con las manos en jarra y el ceño fruncido. Luego se dirigió a la caja fuerte y la abrió descuidadamente. Desde donde Naolia se encontraba se podía ver claramente el contenido del interior, compuesto por varias bolsas grandes y chicas de cuero y tela, un frasco de cristal lleno hasta la mitad de un líquido verde claro y varias plumas de ángel, sin llegar a precisar la cantidad exacta. El padre tomó las plumas, las envolvió en una tela negra y se las guardó en el interior del abrigo. Cogió el frasco y cerró la caja. Lo llevó a la mesa y puso a hervir una tetera. Buscó entre las cosas amontonadas y sacó una bolsa de la cual extrajo un puñado de hierbas secas. Naolia conocía bien las dos cosas; el frasco era la medicina que usaba su papá para el insomnio que padecía y las hierbas eran parte de su tratamiento durante muchos años que, suministradas en forma de infusión, le ayudaban a soportar el dolor de su enfermedad, terminando por convertirse en una costumbre o una adicción que no podía faltarle dos veces al día y que su padre le preparaba personalmente cada vez. Entonces le vio poner las hierbas en la tetera y verter varias gotas del líquido, muchas más de las que usualmente ponía, en el tazón que ella usaba exclusivamente para beber su té. Enseguida supo lo que su padre estaba planeando. Lo conocía muy bien y era la forma en que hacía las cosas. La dormiría con su medicina y se la llevaría bien lejos. Luego sus hombres se reunirían a la espera de sus órdenes en un solo lugar, justo encima de donde se encontraba Reilar y morirían con la explosión provocada por la muerte del ángel. Así mataría dos pájaros de un tiro y podría comenzar a vivir desde cero una existencia nueva a su lado.

Los ojos se le volvieron a llenar de lágrimas saladas y espesas, pero ahora eran lágrimas de pesar, porque su padre planeaba la muerte de su amado y su separación definitiva, incluso después de haber escuchado lo que ella le había dicho la noche anterior. Se sentía traicionada y, aunque amaba a su padre con una fe y un respeto ciego, su corazón no le podía perdonar lo que estaba a punto de hacer. Tendría que luchar por lo que ella amaba; conocía a su padre demasiado bien para pensar que pudiese cambiar de opinión. Una vez que tomaba una decisión la hacía cumplir aunque en ello le fuera la vida. Por lo tanto tenía que hacerlo ella, pero... ¿cómo? Cerró los ojos con fuerza y sacando de un golpe las lágrimas que en ellos se acumulaban dijo para sí misma "Papá, ¿por qué me haces esto?"

Escuchó un ruido debajo de ella y miró por la rejilla. Su padre se encontraba sujetándose al buró con ambas manos para no caer de espaldas, arrastrando con su peso el macizo mueble. Miraba a todos lados, buscando el origen de algo invisible que lo había asustado. Noelia comprendió enseguida que se descuidó y sus palabras habían sido escuchadas claramente y el padre, igual que la primera vez que ella escuchó a Reilar, se encontraba tan asustado como ella en aquella ocasión. Lo vio salir de la oficina como una exhalación y enseguida adivinó que iba en su búsqueda.

Lo primero era lo primero. Arrastrándose en reversa regresó al baño, casi se cae desde el techo, pero logró sujetarse en el último momento y, después de equilibrarse, se dejó caer. Escuchó los gritos del padre y sus pasos apurados. En el preciso instante que Gibaros atravesaba la puerta, ella se levantaba del inodoro con una expresión de sorpresa en la cara.

—¡Papá! ¿Estás loco, o qué? ¿No puedo ir al baño sola?

Salió al pasillo empujando con los codos a su padre, al guardia y a otros dos que acudieron al ver el alboroto de su jefe, fingiéndose ofendida y ayudada por su estado emocional real. El guardia que la vigilaba la miró con resentimiento, pero ella no le hizo el menor caso y siguió de largo hasta sus aposentos.

—¿No salió del baño? —le preguntó Gibaros a su hombre una vez que estuvieron solos, mientras miraba con detenimiento el baño en el que se encontraban.

—No, señor; se lo aseguro y solo estuvo por unos minutos.

—Muy bien, muy bien. Todo este asunto me está volviendo un poco loco.

Naolia, por su parte, dio rienda suelta a la angustia y se paseó de un lado para otro igual que como lo hiciera su padre anteriormente. Tenía pocos minutos hasta que llegara Gibaros con la infusión narcotizada, la cual no podía beber de ninguna manera o despertaría lejos y con su amado muerto. Al rato llegó su padre con una jarra caliente entre las manos. Ella estaba acostada y vuelta de espaldas a la puerta; el padre se sentó a su lado y le acarició la brillosa cabellera.

—Hija, te traje tu infusión. Te calmará los nervios y podrás dormir un poco.

Al no encontrar respuesta siguió su monólogo.

—Tienes que entender que lo que deseas no es posible. Él no es humano y tú nunca has conocido a ningún joven; simplemente te deslumbraste por esa cosa que te ha manipulado con sus poderes. Seguramente te engaña con promesas que no puede cumplir. Realmente son seres vengativos y asesinos despiadados, lo he visto con mis propios ojos, son capaces de cortar a una persona por la mitad solo con sus alas. Ven, tomate esto y te sentirás mejor.

—Déjalo sobre la mesa, hay mucho calor ahora para tomarlo caliente —dijo ella sin voltearse.

El padre esperó unos segundos y dejó la jarra al lado de la cama, le volvió a acariciar el pelo y se levantó lentamente, como si temiese despertarla. Dio unos pasos hacia la puerta, pero la voz de Naolia le detuvo.

— ¿Si acepto irme lejos y nunca más volver lo dejarías vivo?

Gibaros se sintió sorprendido. No esperaba que su hija adivinara sus intenciones para con el ángel. Meditó unos segundos, pero no sobre si eliminar al ángel o no; esa decisión no tenía vuelta atrás. No podía permitir que un ser con ese poder tuviese la oportunidad de tomar venganza contra él o contra su hija, era demasiado arriesgado. Más bien meditaba la forma de convencer a su hija de lo contrario. Sabía que, aunque ella estuviese lejos iba a seguir comunicándose con él y lo más probable era que de alguna forma sintiera su muerte al momento de producirse.

—Pero seguirías comunicándote con él, ¿cierto?

—No, lo prometo.

Hasta ese momento Gibaros consideraba que su hija no estaba mintiendo, pero en su última respuesta, para la cual no estaba preparada obviamente, no pudo ocultar lo que realmente quería. Eran muchos años de convivencia en los cuales se preocupaba tanto por ella que no dejaba de observarla ni un solo momento, por lo que aprendió a conocerla mejor que ella misma en todas sus facetas y ese ligero temblor en la voz, casi imperceptible y ese sutil gesto de los hombros le decía claramente que mentía.

—Está bien. Mañana en la mañana partimos. Tienes toda la noche para comunicarte una última vez y luego se termina. No olvides tomarte la infusión.

Salió de la habitación con los ojos colmados de lágrimas. Le rompía el alma hacerle semejante cosa a su propia hija, pero su papel como padre era protegerla a cualquier costo y contra cualquier peligro, incluso si ese peligro era ella misma. Naolia se paró de la cama cuando sintió la puerta de su padre cerrarse. Botó el contenido de la jarra y la colocó donde mismo estaba. Luego se acostó y se dispuso a esperar pacientemente. Necesitaba con urgencia comunicarse con Reilar, pero al parecer no lo dejaban dormir. La obligada permanencia en un solo lugar sin moverse y la concentración para intentar hablar con su amado, terminaron por sumirla en un sueño liviano del cual despertó sobresaltada al escuchar una voz muy conocida y esperada.

—Me van a matar hoy.

— ¡Reilar! ¿Qué dices?

—Me van a matar hoy y tú lo sabes.

— ¡No, no! Mi padre me prometió que si aceptaba irme y no hablar más contigo te dejaría vivir— intentó convencerse a sí misma mintiéndose.

— ¿Y eso no sería lo mismo que matarme? Además, ¿olvidas que tu padre también usa mis plumas? Sé perfectamente lo que va a suceder y tú debes de olvidarme. Ya estás completamente curada, así que no me necesitas.

— ¿¡Cómo puedes decir eso!? —gritó al mismo tiempo que estallaba en lágrimas.

—Si me separan de ti igualmente moriré; preferiría que el cáncer me devorase poco a poco que dejar de verte.

—¡No digas eso! ¡No sabes lo que dices!

—¡Sí lo sé! ¿O crees, igual que mi padre, que por no haber amado nunca no puedo sentirlo?

Un silencio se entabló entre ellos.

—¿Acaso es eso? ¿Acaso amas a otra y a mí solo me manipulas como dice mi padre?

—Eso es imposible, no puedo amar a otra.

—¿Por qué no? ¿Acaso no hay chicas en tu mundo?

—No, no las hay. Nunca te lo he dicho, pero en el cielo no somos chicos o chicas, somos todos iguales... sin sexo.

Los ángeles no nacen con el amor carnal en sus genes y solo llegan a sentir morbo por las mujeres si se materializan para disfrutar de su compañía. Su existencia espiritual no está definida por un sexo específico y, aunque tienen una apariencia masculina, realmente son asexuales. Solo al momento de materializarse, pueden tomar la forma que deseen y aun así permanecer indefinidamente sin sentirse de uno u otro sexo. El amor innato de los ángeles es dedicado solo a sus hermanos, a la creación y a su creador. Claro, que al ser seres con libre albedrío pueden decidir si seguir otros sentimientos y a quién amar o desear, todo depende de sus conciencias.

Reilar tenía claro, como todos los ángeles que decidieron ayudar a la humanidad, que para lograr el objetivo deseado no podían comprometer sus sentimientos y desviar la atención de su amor a otro objetivo que no fueran los originales. Todos sabían el riesgo de llegar desear a un humano y llegaron al acuerdo general de que eso no podía pasar si esperaban la ayuda algún día de Padre. Quien incurriera en ese pecado tendría que ser separado de inmediato. Lo contrario sería desobedecer aún más a Padre y darle la razón al opositor, que tanto daño le había hecho ya a la obra más hermosa del creador... la tierra y la humanidad.

Pero nadie contaba con que uno de ellos estuviese preso con la compañía de una humana y que además fuese tan especial y hermosa. Durante ese tiempo de cautiverio se formaron lazos muy fuertes entre los dos, descubriéndose y enseñándose mutuamente ambos mundos, tanto los físicos, como los que habitaban dentro de ellos, llegando a la conclusión sorprendente de que eran muy parecidos. Los humanos eran solo una réplica de los seres espirituales, con sus mismas ganas de vivir, sus mismas capacidades de admirar y desear la belleza, su mismo sentido de la justicia y del humor; en fin, la única diferencia notable eran las prioridades. Mientras los humanos priorizaban cosas materiales para su existencia, algo que era de esperarse por estar formado su mundo precisamente de materia, los seres espirituales priorizaban su relación espiritual con otros seres y con su creador, formando uniones fuertes y eternas entre ellos, alimentándose de ese amor infinito para hacer las demás cosas.

La compenetración que lograron tener mientras duraba el cautiverio de Reilar, les convenció de algo que parecía ser imposible y de lo cual no se tenía conocimiento ni en la tierra ni en el cielo, y era que los dos mundos podían ser compatibles por medio del amor entre dos seres de naturaleza diferente. A lo largo de toda la historia que tuvieron los ángeles caídos o demonios, nunca surgió algo como eso. El deseo de los demonios se limitaba solo a la satisfacción de la carne que habitaban, sin poder proporcionar algo más allá del placer pasajero y eso les impedía experimentar en primera persona algo más que lo buscado. Sus conciencias manchadas por el pecado de la desobediencia y el morbo nunca les permitieron descubrir la pureza del amor en sí, amor que solo tendría la posibilidad de surgir entre dos seres puros de alma y corazón. En la historia, siempre una de las partes, sino las dos, se unían en impureza, pero el destino o, quien sabe, la voluntad divina, habían permitido que ocurriese el milagro que faltaba entre cielo y tierra. Ellos no lo sabían, pero las implicaciones de su amor no eran ni sencillas ni comunes. Sin quererlo, sin pensarlo y sin desearlo, habían creado algo nuevo y revolucionario: los seres celestiales se podían unir a seres materiales en el amor, solo que su juventud e inexperiencia, no les dejaban percatarse de la realidad y del alcance de sus actos.

—Yo también te amo —sonó en la cabeza de Naolia y pareció cortar de golpe el llanto y la desesperación de la chica.

— ¿Qué has dicho? —alcanzó a preguntar en medio de la incredulidad.

—Yo también te amo. No lo supe hasta hoy, hasta ahora. Es algo nuevo y abrumador para mí, pero creo que te amo. Es lo único que justificaría este sentimiento extraño que me llena como el espíritu santo de Padre. No puedo estar seguro porque no tengo ninguna experiencia anterior, pero es lo mejor y más fuerte que he sentido.

—Yo tampoco tengo ninguna experiencia, pero estoy segura de que es amor.

—Eso es porque ustedes están preparados desde que nacen para identificar ese tipo de amor, pero nosotros no. A pesar de eso estoy bastante seguro de que lo es, ninguna otra cosa podría ser mejor y, sin embargo, duele más que los golpes y la tortura, pesa más que los grilletes y la pena. ¿Me puedes explicar eso? ¿Por qué hace tanto daño si se supone que es bueno?

—Porque el dolor no viene del amor en sí mismo, sino que procede del miedo a no ser correspondido, viene del miedo a perder lo que amas. Yo me estoy muriendo de miedo ahora mismo, si tú mueres yo también lo haré, de eso estoy convencida.

—No seas tonta, de nada servirá que mueras. Si eso sucede todo lo que hizo tu padre y todo el efecto de mi dolor será en vano. Tienes que vivir para que yo permanezca en ti para siempre.

— ¡No quiero un yo sin ti, no quiero una vida con tu recuerdo! Tiene que haber una manera de que escapes.

—Lo siento. Las drogas en mi cuerpo y la flagelación me dejan sin fuerzas de tal modo que no puedo ni plegar mis alas y mucho menos romper las cadenas que me atan.

— ¿Si tu fuerza volviera pudrías romper las cadenas y liberarte?

—Como si fuesen cordeles podridos, pero no me dan tiempo a recuperarme, no más me despier...

— ¿Y si te encajaras una de tus plumas... o varias?

—Creo que tres o cuatro me darían la fuerza necesaria y contrarrestarían la droga, pero no tengo ni una...

Un breve silencio se interpuso entre los dos, silencio que rompió Naolia.

— ¡Despierta! ¡Voy por ti!

Nace un Dios

No solo había logrado entrar en la élite que dominaba la gran ciudad recién formada, sino que escaló rápidamente hasta la cima, convirtiendo un estado que comenzaba a formarse en una dictadura que por ahora florecía bajo su mando, pues su larga experiencia le permitía dirigir adecuadamente todos los asuntos relativos a los humanos. Eliminó la corrupción que comenzaba a florecer, estableciendo un orden y control exhaustivo sobre los bienes adquiridos, lo que redundó en beneficio de todos y cada uno de los ciudadanos, permitiendo la expansión de la ciudad y la mejora de los que la rodeaban. Todos estaban encantados de su carismático y apuesto líder, al punto de aceptar gustosamente una constitución que impulsaba el desarrollo y parecía perfecta, salvo en la parte donde especificaba que el gobernante tenía la libertad de escoger el camino a seguir en todas las esferas sociales que estimara, además de poder permanecer como líder todo el tiempo que fuera votado por la mayoría.

Cuando llegó al poder, comenzó a dictar leyes en apariencia inocentes y hasta progresistas, como la creación de las escuelas y la prohibición de cualquier culto. Se prosiguió a buscar con minuciosidad todo indicio de religiones pasadas y se eliminó inmediatamente, introduciendo poco a poco la adoración a su persona, dejando sutiles pistas de su procedencia divina que alimentaba secretamente con historias fantásticas que se esparcían entre la gente misteriosamente. Se pudo arreglar una imprenta bastante rústica y con papel reciclado empezó a adoctrinar las masas en base a una creencia centrada en un nuevo dios y una nueva historia cuidadosamente dictada por él, donde era el héroe salvador de la ira incontrolable del creador y sus súbditos, los ángeles celestiales.

El momento cumbre llegó cuando sus alas estuvieron completamente blancas, aunque sus dos plumas doradas continuaron siendo negras, la verdad era que no se notaban entre tanto resplandor. Citó a todos los habitantes sin excepción para una reunión masiva frente al que había sido escogido como su palacio de gobierno y después de un pequeño pero emotivo discurso, culpó al cielo de todas las desgracias que le acaecieron a la humanidad. Luego, en medio de un acto teatral, se despojó de su prenda superior de vestir y desplegó sus enormes, bellas y resplandecientes alas blancas en frente de los asombrados asistentes, que no supieron qué hacer hasta que los hombres a su servicio se arrodillaron e instaron a los demás a hacerlo. El plan funcionó a la perfección; como una reacción en cadena, las personas de todo género y edad fueron hincando rodilla en tierra y pronto todos quedaron inclinados, algunos por convicción, otros por la presión ejercida por la mayoría.

— ¡A partir de este momento —dijo con todas sus fuerzas— formaremos parte del ejército terrenal en contra de dios!

— ¡Ga-briel! ¡Ga-briel! ¡Ga-briel!

Un coro comenzado y ensayado por sus hombres se fue expandiendo por la multitud que, todavía sorprendida, repetía ya fuera llevada por el entusiasmo o para no quedar fuera de la celebración. Cargaron a Gabriel sobre sus hombros y le pasearon en una procesión donde todos quisieron tocar a ese ser divino y espléndido que tenían la suerte de tener como líder y que les llevaría a la prosperidad y al triunfo sobre el malvado dios que les abandonó luego de haberles creado. Claro que tuvo cuidado de no mencionar ninguno de los seudónimos por los que era conocido antes de la gran guerra, no fuera a motivar alguna suspicacia entre sus nuevos adeptos. Borraría para siempre esos nombres de la memoria popular; ya nadie le volvería a llamar demonio, lucifer, diablo, etc. Tenía una oportunidad única de luchar contra el pasado y la iba a aprovechar, emergiendo limpio y renovado para el nuevo mundo, moldeado y formado a su gusto y estilo. Cuando todos olviden a su creador, Padre no podrá hacer otra cosa que renunciar a su querido experimento y permitirle vivir por siempre en la tierra, rodeado de servidores y fanáticos, como debió haber sido desde el principio.

Ya una vez estuvo a punto de lograrlo, pero el maldito mandó a su hijito preferido y tan solo en tres años revirtió lo que había logrado durante siglos y la humanidad, casi perdida en su adoración, dio un golpe de timón y millones de personas se volvieron para seguirle ciegamente. Tenía que aceptar que su hermanito era carismático, pero nunca olvidaría que hizo trampa, usando el arriesgado truco de su muerte y resurrección para ganar incondicionales. Ahora él lo haría en una escala aún más grande y sin tener que morir, eso les enseñará quien tiene el verdadero poder sobre la tierra.

Era un pequeño reino, sobre todo comparado con el universo, pero era su reino y siempre prefirió ser cabeza de ratón que cola de león, como rezaba el dicho que él mismo le enseño a los hombres. Comenzaba entonces un proceso lento que poco a poco se extendería a los lugares que cayeran bajo su dominio hasta llegar a todos los rincones habitables del maltrecho planeta que gobernaría con mano fuerte hasta que se recuperase por completo y así mostrarles a sus hermanos celestiales que su querido padre estuvo siempre equivocado.

Pudo haber fundado un estado ateo y mandar sobre ellos como un simple hombre, pero la religiosidad estaba enraizada tan profundamente en el corazón de los hombres que, si no supiesen de la existencia de un creador, se hincarían ante el primer madero con alguna forma característica y comenzaría una adoración; luego vendría algún parlanchín de larga barba y nacería el primer profeta. A los diez años ya existirían veinte sectas derivadas de la primera y alguien, en un ataque de nostalgia mencionaría al Padre y ese sería el comienzo de otro siclo sin fin. No, a la humanidad no se le podía privar de la adoración porque ya era parte de su naturaleza, así que lo mejor era crear una religión tan fuerte y compacta, que no hubiese espacio para nada más. Primero se dejaría bien claro quién era el culpable de la gran guerra y de las desgracias, después se les presentaría a todos al salvador, luego moriría cuando más popular y necesario fuese y por último, resucitaría mostrando a todos su lado divino. Entonces se olvidarían por completo de su padre y no se les mencionaría nunca más, bajo pena de muerte inmediata. Después de todo, ¿quién necesita un Dios en los cielos cuando tenían uno aquí, junto a ellos?

Cada humano que nazca tendría, desde que aprendiera a leer, que recitar de memoria la historia que había creado, su vida y resurrección y al menos dos veces en su existencia, viajar sin importar donde viviese para adorarlo en persona y tocar sus pies, en señal de respeto y adoración. En tres o cuatro generaciones, el recuerdo de Dios se habría esfumado por completo y los nuevos habitantes del planeta solo tendrían conocimiento de su líder, rey y señor. Cuando Padre decidiese cumplir su palabra, ya no habría nadie sobre la faz de la tierra que le recordase y ese sería el principio de la eternidad para él, Satán, el único Dios de los humanos.

La prisión

Hacía meses que había trasladado a sus cautivos ángeles a la ciudad, donde transformó un antiguo refugio antinuclear para alojarlos tanto a ellos como a los hombres que le atendían de forma segura y cómoda. De esa manera él y los demonios a su servicio se beneficiaban de las plumas caídas y recobraban parte de su vitalidad. El recinto estaba fuertemente protegido y poseía un sistema triple de monitoreo sobre los jóvenes ángeles. Las rústicas cadenas habían desaparecido y los cuatro se encontraban más bien en un laboratorio que en una prisión, bien separados unos de los otros para evitar cualquier plan de escape o daños colaterales si uno de ellos moría por accidente. Hubiese querido tenerlos en instalaciones distintas, pero por el momento no contaban con tantos recursos.

Los ángeles se encontraban en una especie de estado de coma, inducido por la sobredosis de droga. Flotaban en una especie de líquido que les impedía lastimarse, aunque se removieran violentamente. Sus brazos y piernas se sujetaban fuertemente con barras de titanio y varios equipos monitoreaban sus signos vitales para su cuidado óptimo sin arriesgar demasiado. Agujas insertadas en sus venas proporcionaban la cantidad exacta de droga y alimento. Las espléndidas alas desplegadas y sujetas, lucían toda su belleza, dejando caer regularmente sus bellas plumas que eran recogidas e inventariadas cuidadosamente. Quienes trabajaban en las instalaciones se les prohibía salir al exterior hasta cumplir cierto tiempo de servicio, después del cual eran asesinados para que no escapara el secreto fuera de aquellas paredes de plomo.

Muere un ángel

¡Tengo que darte una buena noticia! —le dijo entusiasmado a Galadiel, quien tomaba directamente de la botella una bebida amarilla —. Dos de mis esposas están embarazadas.

— ¡Eso es magnífico, Gabriel! —respondió atragantándose y bañando con la bebida todo lo que se encontraba delante, incluyendo a su líder.

Gabriel se limpió el rostro y la ropa. Miró a Galadiel con reproche y luego sonrió; se notaba que estaba de buen humor.

—Sí, lo sé. Eso significa que pronto podremos tener Néfilim otra vez, aunque lo siento por ellas; realmente me simpatizaban.

—Es el precio por tener nuestros hijos. Se las comerán desde adentro al no poder salir; es espantoso incluso para nosotros.

—Especialmente para nosotros. ¡No somos monstruos como muchos creen!

—Tienes razón, solo creamos monstruos.

Ambos rieron y brindaron por la buena nueva. Galadiel le dio un giro a la conversación.

— ¿Cómo están nuestros hermanos divinos? ¿No han disminuido su espíritu santo?

—Están tan llenos como el primer día. Creo que los subestimé; de hecho pensaba que no resistirían lo suficiente como para recobrar todas mis fuerzas, pero me han sorprendido. Si siguen así, creo que en dos años todos estaremos como nuevos.

— ¿No has sabido nada del tal Reilar?

—No, aunque me imagino que Gibaros lo asesine cuando se le acabe la droga. Ha sido lo suficientemente astuto para mantenerlo oculto de nuestros ojos, por lo que también es demasiado inteligente para pedirme más droga y sobre todo, para dejarlo vivo pensando que irá tras él y su familia.

—A estas alturas ya su hija debe estar curada. Quizás ya lo mató.

—Lo hubiésemos sentido. Una conversión así de energía llegaría hasta nosotros claramente por más lejos que se encuentre.

—Me imagino que sí, de todas formas, tiene que estar en un lugar cerca de aquí. Te recuerdo que pienso que fue un error no perseguir y matar a ese Gibaros. Habría sido fácil encontrar su paradero.

—Lo sé, pero fallamos el día de la captura y ahora mismo sería una pérdida inútil de tiempo y recursos. Tiene muchos hombres y yo no me arriesgaría en ir personalmente a buscar a ese angelito sin saber en qué estado se encuentra. Eso sin contar que sabe algunas de nuestras debilidades. Cuando completemos el ejército de humanos que estamos armando le llegará su turno. Además, hay que admitir que el tipo se esconde bien y hasta ahora nadie le ha traicionado; o le son muy fieles o le temen mucho.

Fueron a llevarse las botellas a la boca, cuando un movimiento telúrico removió el suelo bajo sus pies, haciéndoles derramar la bebida en todas direcciones. Ambos, como si acabaran de despertar de un sueño muy largo, se incorporaron apoyándose en los muebles y se miraron de frente.

— ¿Eso que fue? —preguntó Galadiel aunque ya sabía la respuesta, había sentido muchas veces esa onda expansiva de energía pura.

—Acaban de matar a Reilar.

— ¡Que se una a su padre!

— ¡Que se una a su padre! —repitió Gabriel y en lo más profundo de sus ojos brilló una chispa de pena. Después de todo era un ángel y un ángel no debería morir a manos de un humano.

Desesperación

Gibaros tenía un peso incómodo en su cabeza que no le permitía estar tranquilo. Sabía que estaba haciendo lo correcto al alejar a su hija del ángel del que ella se había enamorado y aun así estaba incómodo con su decisión. En lo más profundo de su ser recordaba cómo era estar enamorado y sabía perfectamente que el corazón no entiende de razones cuando se entrega. Ella le habló con una convicción tan fuerte, con una posición tan madura, que logró estremecerlo en sus fibras más sensibles. No obstante, allí estaba, alejándola del desastre que supondría unirse a un ser celestial.

Sumido en esos contradictorios pensamientos se encontraba cuando vio en el único retrovisor que tenía el auto blindado donde viajaba una polvareda detrás de ellos que se aproximaba rápidamente. Un sonido aterrador llegó a él mucho antes que la onda expansiva, haciendo que su corazón latiera tan fuerte que le parecía que se saldría del pecho. Era imposible que le alcanzara la explosión, pues por sus cálculos tendría que estar a una distancia más que segura, a no ser que aquel maldito demonio le hubiese mentido o que Murillo se hubiese adelantado. En ese caso nada de lo que hizo tendría valor alguno; él y su hija morirían de todas maneras, aunque ciertamente no valoraba mucho su existencia, la de su niña lo era todo.

— ¡Acelera, acelera! —alcanzó a decir en vano, pues era evidente que la nube de polvo les alcanzaría en segundos, aunque pudiesen volar.

En el último momento se reclinó hacia atrás y saltó para caer donde dormía su hija, ajena al drama que se desenvolvía en el mundo real. Alcanzó a abrazarla antes de sentir cómo el vehículo era arrastrado al doble de la velocidad en que viajaba, derrapando por varios segundos que a Gibaros le parecieron horas. Finalmente se detuvo milagrosamente sin voltearse, pues el peso del auto y la habilidad del chofer, que trató a toda costa de mantenerse en la desierta carretera, dieron como resultado que no se accidentaran.

Poco a poco fue abriendo los ojos. Se incorporó para mirar a su alrededor a través de las ventanas blindadas y cubiertas de polvo por la fuerza del viento. Vio las plantas dobladas y muchas otras con el follaje de un solo lado, como si todavía estuviese batiendo el aire de un ciclón. Las pocas construcciones se veían igual a como estaban antes de la explosión. Llegó a la rápida conclusión de que solo habían sido alcanzados por los vestigios de la detonación y que estaban fuera de peligro, pues el demonio le había dicho que, aunque se pareciera mucho a la fuerza atómica, no era radioactiva en absoluto. Entonces, después de que pasara la preocupación, se dio cuenta de que algo no estaba nada bien. Al abrazar las mantas en las que estaba envuelta su hija, se percató de que no tenía el suficiente volumen para contener el cuerpo de Naolia. Un escalofrío se apoderó de su cuerpo y de su alma. Miró fijamente el bulto multicolor que estaba bajo él. Solo la vista era suficiente para saber que allí no estaba su hija, pero una esperanza estúpida y absurda le decía que lo confirmara revisando debajo de la tela. Extendió su mano temblorosa y vacilante y de un tirón descubrió que solo había vacío donde debía estar su amada hija. Jamás sintió un vacío y un dolor tan desgarrador en toda su vida... y había sentido muchos. Desesperación, angustia, incredulidad, terror, miedo, desesperanza. Había matado a su propia hija y eso era algo que no podría superar por más fuerte que fuera. Desenfundó su arma y la llevó a la cabeza, cerró los ojos y gritó el nombre de su hija con todas las fuerzas que podía su desgarrada garganta. Un estruendo alto y seco se escuchó en el interior del auto y Gibaros sintió un dolor enorme y punzante en su sien, pero fue breve, muy breve para un hombre como él. Jamás pensó que la muerte sería tan rápida.

La muerte del ángel

Naolia fingió quedarse dormida. Conocía la rutina de su padre de memoria y sabía exactamente lo que iba a pasar los próximos minutos antes de salir. Gibaros entró en la habitación y se acercó lentamente al lecho donde yacía su hija, tomó la jarra vacía y miró su interior. La tocó suavemente por el hombro y al no obtener respuesta suspiró aliviado. Salió un rato y regresó con una manta; la extendió al lado de Naolia y la hizo rodar, envolviéndola en ella para que no se resfriara. Con un movimiento repetido miles de veces la cargó en brazos y se dirigió al vehículo blindado que le esperaba en las afueras del complejo. Al llegar a la parte posterior del auto ya la puerta trasera estaba abierta. La colocó suavemente en el interior, acondicionado con colchones en el fondo y las paredes y le dio un beso tibio e imperceptible en la frente. Ella casi abre los ojos y se lanza al cuello de su padre para suplicarle por la vida del ángel. Ardía en deseos de convencerlo de que el amor que había nacido entre ellos era verdadero y poderoso, pero estaba segura de que no cambiaría de opinión, sin embargo, se arrodillará y llorará toda la noche. Lo conocía desde siempre y nunca le vio dando una contraorden, ni siquiera relacionada con ella; así que optó por atenerse al plan original y continuar con la actuación. Estaba seguro de obrar correctamente por el bien de su hija y eso era suficiente para que nada ni nadie le convencieran de lo contrario.

Estaba segura de que su padre haría lo mismo de siempre y no se equivocó. Antes de subirse al lado del conductor y emprender la marcha, mandó a que lo encendieran para que fuese calentando el motor y regresó nuevamente al complejo para dar las últimas instrucciones a sus hombres, momento que aprovechó para escurrirse fuera del vehículo, dejando la manta lo más abultada que pudo para engañar a su padre. Caminó por el borde de la pared hasta llegar a una esquina oscura, a varios metros del auto. Observó al padre subirse al vehículo y arrancaron, aliviando una gran carga de su pecho. Ella esperaba que en cualquier momento se detuvieran y se bajaran a la carrera para buscarla por todos los rincones, pero no sucedió. Solo aceleraron y se perdieron de vista luego de doblar una curva cerrada.

Naolia sabía que no podía entrar por ninguna de las dos puertas porque estaban fuertemente vigiladas y aunque era la hija del jefe, encontrarían muy extraño que después de salir, ella regresara sola. La retendrían y avisarían al padre hasta que regresara para reprenderla.

Naolia sabía muy bien a lo que se enfrentaba. En más de una ocasión escuchó a su padre decir que si el ángel muriese, no quedaría nada ni nadie cerca de allí, borrados por la conversión nuclear. Eso la asustaba, porque temía que el padre regresara por ella justo cuando Murillo ejecutara su oscura misión y muriese en la explosión, pero era un riesgo que tendría que correr. Su amor era tan grande que sentía que no le importaba si el resto del mundo desaparecía.

Se puso frente a la pared y comenzó a trepar por ella con la misma habilidad que tuvo cuando era niña y acostumbraba a hacerlo para escapar de los castigos de papá. Se fue elevando, anclando sus finos y fuertes dedos en las hendiduras que dejaba la piedra erosionada. Metro a metro, con la yema de los dedos sangrando por las laceraciones del hormigón, subió los dos pisos que le separaban de una abertura cuadrada en la pared lateral del edificio, antigua abertura para un aparato de refrigeración. Era la entrada a los conductos de ventilación que, sin los aparatos originales, quedaba expuesta al exterior. Finalmente logró llegar y entrar en el agujero. Se tendió en el frio y oxidado metal para recobrar el aliento; apenas podía creer que lo había logrado. Cuando pudo regular la respiración se volteó y gateó, adentrándose en el interior del complejo.

Era entendible que su padre quisiera dejar toda su vida de asesinatos y miseria detrás y comenzar al lado de su hija curada y saludable una segunda oportunidad, pero si eso precisaba la muerte de su ángel no lo podría soportar, aunque entendiera lo demás, incluso la muerte de sus propios hombres. Todos ellos se encontraban aglomerados donde Gibaros ordenó, bebiendo y charlando animadamente; eso ayudó a que nadie escuchara crujir los viejos paneles de metal bajo el peso de Naolia, quien llegó hasta un punto en que eran demasiado estrechos y tuvo que salir de ellos, exponiéndose a que le vieran los hombres de su padre.

Recorrió el entramado hasta llegar al baño; esperó allí un poco hasta cerciorarse de que estaba vacío y se dejó caer en el interior. Se acercó a la puerta y atisbó hacia el pasillo para descubrir que no había nadie. Con el corazón latiendo con fuerza abrió la puerta de un golpe y fue hasta sus aposentos. Allí sacó de debajo de sus ropas una tela negra y la puso sobre la cama, la desenvolvió y ante ella aparecieron cinco plumas de ángel en su más bello esplendor. Cuando su padre la cargaba para llevarla al auto creyéndola dormida, ella con sutiles movimientos le sacó de debajo del abrigo las plumas que escondía para su huida y ahora las pensaba utilizar para ayudar a Reilar a recobrar su fuerza.

Después de dos o tres curvas llegó a donde quería. Los pasillos estaban despejados y nadie deambulaba por ellos como era costumbre. Desde allí comenzaba el largo pasillo descendente que llevaba a la celda del ángel. Lo recorrió con los puños erizados y la vista clavada en el camino que se le hizo sumamente largo, debido al estado nervioso en que se encontraba. Por suerte no se tropezó con nadie hasta llegar a la misma puerta, donde los dos que le custodiaban hablaban sentados con una botella puesta en el piso, entre ellos. Se percataron de la joven cuando ya estaba casi encima de ellos. Sin decir nada se abalanzó con todas sus fuerzas hacia el más grande de los dos y le clavó la pluma en la pierna, exhalando un alarido espantoso cayendo al suelo y desplomándose hacia atrás. Su cuerpo sonó como una enorme bolsa de huesos al chocar contra el pavimento. El otro guardia alcanzó a tomarla de la mano, pero entre la rapidez de la chica y la sorpresa del ataque, no pudo evitar que le apuñalara con la misma pluma que nunca dejó en la pierna de su amigo. El efecto demoró unos segundos en llegar, pero antes de que sacara su arma, se sintió mareado y, dando tumbos, se desplomó cual largo era ante la puerta que defendía.

Naolia sabía que volverían enseguida a estar conscientes, así que se hizo del arma automática y tomó la única granada que colgaba de uno de los cuerpos, quitó la espoleta y la colocó sobre el enorme candado que aseguraba la entrada. Corrió todo lo rápido que pudo y se escondió detrás de una columna de concreto. La explosión, al estar en un lugar tan cerrado, removió todo como un terremoto y la aturdió un poco a pesar de estar preparada. Seguramente los dos hombres habían muerto en el evento, pero ella no tenía ni las fuerzas ni el tiempo para arrastrarlos a un lugar seguro; de todas maneras, iban a morir a manos de Murillo, el asesino a sueldo que nunca fallaba y que seguramente ya estaba en el complejo.

Se abrió paso entre el polvo que aún flotaba en el aire y los pequeños pedazos de techo que caían por todos lados, amenazando con venirse abajo el viejo edificio. Al llegar a las puertas, vio que la fuerza de la explosión las había entre abierto, pero no podía caber por la abertura. Uno de los pestillos se había retorcido y seguía impidiendo el paso. Ella trató de escurrirse entre las dos hojas humeantes, pero casi se queda trabada. Pudo ver que, en el interior, alumbrado solo por la escasa claridad que entraba por la hendija, permanecía su amado ángel, retorciéndose en un inútil intento por librarse de las cadenas y mirándola entre mechones de pelos que colgaban delante de su cara. Una sonrisa triste se dibujó en sus labios, pues sabía lo que ella tenía que haber pasado para llegar hasta allí y el peligro que afrontaba. Sintió la alarma que llamaba a todos al lugar del incidente. Sabía que le quedaba poco tiempo y no lo desaprovechó. Con medio cuerpo adentro, logró meter el fusil y hacer palanca para terminar de correr el pestillo atorado, después de varios intentos logró que cediera y cayó de bruces en el interior de la prisión. Escuchó a los hombres de su padre que llegaban en ese momento a las puertas con gran algarabía y empujaban con fuerza para abrirlas. Naolia se acercó al chico buscó las plumas que traía guardadas, cuando de pronto la desesperación se apoderó de ella, se volvió y pudo ver espantada entre los pies de los hombres que ya casi traspasaban la puerta, la tela negra pisoteada con las plumas en su interior. Le disparó sin mucha ceremonia a los hombres, logrando que desistieran un poco en sus intentos y se volteó hacia Reilar. Esta vez dirigió sus balas a las cadenas que le sostenían los brazos, sabiendo que de darle no le harían un gran daño. El último cartucho del cargador logró partir la cadena que sostenía los dos brazos de Reilar en alto, sin lograr desamarrarlo, pero dándole más libertad a sus brazos. El dolor de los músculos que volvían a su posición natural después de estar meses en esa incómoda postura le hicieron gemir de dolor. Ella sabía exactamente lo que debía de hacer, lo había calculado, pensado y planeado todo durante horas, pero la desesperación no le dejaba pensar y, con el cargador vacío solo atinó a lanzar el fusil y abrazarse a Reilar llorando y pidiendo perdón por no poder salvarlo al comprender que sus fuerzas no eran suficientes para enfrentar al ejército que se aproximaba a sus espaldas, después de abrir por completo las puertas.

Ella se volteó, apoyando su espalda en el pecho del ángel y sacó una pistola que guardaba, apuntándole a la multitud de hombres que le rodeaban y amenazándolos con matarlos, aunque sus palabras casi no se podían entender por el llanto que las ahogaba. Entonces el joven ángel agarró suavemente el arma y se la quitó de las manos a Naolia, que no ofreció mucha resistencia, sabiendo que era inútil luchar contra tantos. Su cuerpo comenzó a temblar y a sacudirse con pequeños espasmos producto del llanto que brotaba abundantemente de sus ojos. El ángel dejó caer el arma y volteó a la chica suavemente, la miró con una dulzura infinita en sus ojos, ahora azules y profundos como el mar, que también se desbordaban de lágrimas. Ella, al mirarse en ellos se calmó de súbito; una paz cálida se apropió de su alma y sintió en ese preciso instante que nada ni nadie podría hacerle daño. Experimentó en un segundo, reflejada su mirada en aquellos ojos sin fondo, la grandeza del universo y la belleza de la creación.

Estando en ese estado de trance, donde no recordaba dónde estaba ni qué le había llevado allí, no se pudo percatar que Reilar echaba hacia atrás sus brazos aún encadenados y con un gesto fuerte y rápido, se arrancaba de la parte de abajo de sus alas las dos plumas doradas. Ya algunos de los hombres se abalanzaban sobre ellos, dispuestos a acabar con ese acto de rebeldía para darle su merecido al ángel prisionero que la gran mayoría veía por primera vez, aunque todos le conocían por boca de otros y castigar a la malcriada hija del jefe, quien solo se salvaría de su furia por ser quien era.

Con un gesto, Reilar cruzó las dos plumas sobre sus ojos, mojándolas con las lágrimas que brotaban abundantemente de ellos y, justo antes de que los soldados pusieran sus manos sobre la chica abrazada a él con una fuerza sobrehumana, levantó por encima de ambos las dos manos empuñando las plumas doradas y se las clavó directamente sobre los omóplatos. De la espalda de Naolia comenzó a salir una luz cegadora e intensa seguida por unas enormes y hermosísimas alas que brotaron desde las dos plumas doradas en el preciso instante que sus labios parecían tocarse.

Le siguió un resplandor que ninguno de los dos presenció porque perdieron el conocimiento instantáneamente. Cuando despertaron, todo a su alrededor había desaparecido, como si una escoba gigante hubiese barrido con los hombres armados, la celda donde estaban y con el complejo que servía de cuartel general y escondite a Gibaros y sus hombres. Estaban completamente solos en el centro de lo que parecía el impacto de una gran explosión o la caída de un meteoro; todo en un radio de un kilómetro había desaparecido.

Se pusieron lentamente de pie, completamente desnudos y limpios como nuevos. Ella no prestaba atención a su desnudez, sino que se centraba en las alas que habían brotado de su espalda y que ahora se movían lentamente, como si fuesen de una mariposa que descansaba sobre una flor. Él se acercó más a ella, hasta que sus cuerpos casi se rozaron y le dijo con la misma voz con que le hablaba en las noches:

—Gracias por salvarme.

— ¿Cómo es posible?

—Todo es posible, ya lo entenderás.

— ¿Y ahora?

—Ahora tenemos que buscar a mis hermanos.

Y sus alas les cubrieron por completo, ocultando el primer beso de la historia entre estos dos ángeles.

Don't miss out!

Visit the website below and you can sign up to receive emails whenever Robert S. McGraw publishes a new book. There's no charge and no obligation.

https://books2read.com/r/B-A-PXMU-CUYAC

BOOKS2READ

Connecting independent readers to independent writers.

Did you love *Pluma de Ángel*? Then you should read *Nuestro sueño hecho realidad*[1] by Wilmer Antonio Velásquez Peraza!

Nuestro sueño hecho realidad: La historia de lo que pudo ser...
    Wilmer Antonio Velásquez Peraza:

En fin, nuestro sueño hecho realidad es lo que pudo ser y en efecto fue y es.

Nuestro sueño hecho realidad, es un canto lírico al amor, una Oda al pensamiento humano, a las relaciones y a la vida, es una historia real basada en las vivencias del autor, quién poco tiempo luego de perder su matrimonio, con una mujer 20 años más joven que El, se redescubre y organiza sus prioridades, sus pensamientos y su vida.

Aún sangrante por la herida establece una ruta a seguir, que parte de la atención a su hermosa y única hija, a culminar los estudios en su

---

1. https://books2read.com/u/m0vL90

2. https://books2read.com/u/m0vL90

última carrera universitaria y en crear sistemas de generación de activos para lograr, más bien generar el futuro para su familia.

Aprende a conquistarte antes de echarte a morir.

Este hermoso libro intenta ser inspiración para ti, para que encuentres en él, esa guía, ese camino y el elemento integrador que le dé el sentido que merece tu vida, actuando con resiliencia y con muchas ganas, el ser humano es sociable por naturaleza, y en efecto necesita vivir en pareja para juntos crearse, complementarse, recrearse y ser cada uno el punto de apoyo y motivación para el otro.

Pero esta no es una regla general, ni mucho menos única, puedes erguirte y partir desde esa ruptura y como el ave fénix generar nuevos firmamentos, creando las bases de las conquistas que reconstruyan tu corazón y puedas en efecto preparar tu psique, tu mente, tu cuerpo y desde luego tu alma y espíritu para nuevos procesos amorosos y para hacerte digno de aspirar ser quién quieras ser y ser tan valioso como para ti mismo, tanto para la vida de tus seres queridos, como para una nueva relación.

Elementos que encontrarás aquí en esta obra:

Inspiración, deseos, conquistas, pasión, resiliencia, paz, amor, lealtad, belleza, futuro.

La historia de lo que pudo ser...

Más que una promesa, es una hoja de ruta, un cúmulo de experiencias, situaciones y emociones que te llevarán en una noria, tal cual montaña rusa de firmes conquistas de deseos inconclusos que debes recuperar, antes que aspirar a ser alguien valioso para otros, debes serlo para ti, con esta visión podrás avanzar no sólo para el futuro inmediato, sino para toda tu eternidad.

Wilmer Antonio Velásquez Peraza CEO de KDP Editorial Design.

Read more at https://kdpeditorialdesign.com/.

Also by Robert S. McGraw

Comedia juvenil
El soltero menos codiciado

Esperanzas
Oda al Mundo Nuevo

Postapocalípticos
Pluma de Ángel
Permafrost

THRILLER
La lluvia de sus ojos
Trece cuadras y un muerto
El lobo dorado y otros relatos
Antologia Tracce di sangue
Huellas de sangre
La Pioggia Dai Suoi Occhi

Watch for more at https://kdpeditorialdesign.com/.

About the Author

Nació el tres de febrero de 1973. Fue el hijo menor de cinco hermanos.

Desde niño, tanto él como sus hermanos, sufrieron un constante abuso psicológico que, de no ser por la postura firme de la madre y el amor que les dio como contraparte al abuso, habría sido imposible superar.

Se interesó en la lectura y escribió algunos cuentos y poesías que nunca trascendieron. Al terminar estudios de bachiller entró al ejército por tres años, donde se desempeñó como francotirador.

Diferentes empleos hasta que fue a prisión por robar en una casa, luego de una larga relación con las drogas y malas compañías.

Allí retomó la lectura, leyendo más de 300 libros en cinco años y reencontrándose con su antigua pasión de escribir.

Al salir, deja todo atrás y trabajó en empleos mal remunerados debido a su historial delictivo, por lo que renunció a sus planes de escribir por no disponer de tiempo y por la falta de recursos.

Se casa en 2005 y ese mismo año nace su hija Laureen. En el 2012 su madre enferma y se encarga de su cuidado las 24 horas del día, allí escribe en su celular pequeñas historias de terror que luego se convertirían en su *"Huellas de sangre"*.

Ayudado y alentado por su hermano y un amigo, comienza a tomarse en serio la literatura y escribe su primera novela "La lluvia de sus ojos", seguida de otras dos y varias antologías de relatos.

Su madre fallece en 2021 y a partir de ese instante se da a conocer en el mundo de las letras con sus trabajos, casi siempre impregnados de misterio y terror, su versatilidad le permite moverse entre casi cualquier género, desde la comedia hasta la ciencia ficción, pasando por la aventura épica y el policíaco.

La vida y los lugares en que estuvo, le ha llevado a tener una visión profunda y particular de la naturaleza humana, y su amplia cultura literaria nutrió su talento con los clásicos, lo cual se refleja en la calidad de su prosa.

Mantiene un perfil bajo, alejado lo más posible de los medios y redes sociales para concentrarse en su trabajo y entregar a su creciente público lo mejor de su talento.

Read more at https://kdpeditorialdesign.com/.